JEAN LAHOR

POÉSIES COMPLÈTES

L'Illusion

CHANTS DE L'AMOUR ET DE LA MORT.
CHANTS PANTHÉISTES. — LA GLOIRE DU NÉANT.
HEURES SOMBRES. — VERS STOÏCIENS.

PARIS
ALPHONSE LEMERRE, ÉDITEUR
27-31, PASSAGE CHOISEUL, 27-31
M DCCC LXXXVIII

L'Illusion

DU MÊME AUTEUR

LE CANTIQUE DES CANTIQUES, traduit en vers (Lemerre, éditeur.)
HISTOIRE DE LA LITTÉRATURE HINDOUE (Charpentier, éditeur.)

———

JEAN LAHOR

POÉSIES COMPLÈTES

L'Illusion

CHANTS DE L'AMOUR ET DE LA MORT.
CHANTS PANTHÉISTES. — LA GLOIRE DU NÉANT.
HEURES SOMBRES. — VERS STOÏCIENS.

PARIS
ALPHONSE LEMERRE, ÉDITEUR
27-31, PASSAGE CHOISEUL, 27-31
—
M DCCC LXXXVIII

CHANTS DE L'AMOUR

ET

DE LA MORT

LITANIES DE L'AMOUR

Amour, dispensateur du ciel et de l'enfer,
Eros, aux yeux changeants et beaux comme la mer,
Eros, qui sais d   pter les âmes les plus fortes,
Dieu corrupt ur, par qui tant de races sont mortes,

Dieu des forfaits bscurs, et des subtils poisons,
Habile instigateur des longues trahisons,
Rusé, fourbe, malin, ami de l'adultère,
Sois béni, Dieu sauveur, qui consoles la terre !

Amour, brûlant amour, qui par les nuits d'été
Souffles en nous les chauds désirs de volupté,
Dieu des baisers aigus et des tendres morsures,
Oh ! sois béni, Sauveur, du fond de nos luxures !

Amour, mystérieux Amour, Dieu tout puissant,
Dont les autels toujours restent couverts de sang,
Qui conseilles si bien la traîtrise et les crimes,
Eros, roi des hauteurs, Eros, roi des abîmes,

Qui certains soirs en nous mets, comme un vin trop fort,
L'ennui d'être et la soif horrible de la mort,
O Maître, sois béni, Démon qui nous affoles
Par l'ensorcellement des yeux et des paroles !

Toi qui fais succomber les plus fiers d'entre nous,
Et qui les fais pâlir et tomber à genoux,
Pieux, tremblants devant la plus vile des femmes,
Amour, oh ! sois béni, Dieu contempteur des âmes !

Dieu des pleurs convulsifs et des spasmes ardents,
Dont les plaisirs parfois nous font grincer les dents,
Béni sois-tu, Seigneur, qui protèges les mâles,
Tranquille immolateur des virginités pâles !

Dieu qui mêles, broyant les lys des seins neigeux,
Un âcre goût de mort aux douceurs de tes jeux,
Qui repais tes regards des pudeurs abattues,
O Roi, doux et sanglant, qui fais naître et qui tues,

Eros, Dieu des langueurs et des énervements,
Qui de vertige emplis les yeux fous des amants,
Et sèmes tour à tour la tendresse et la haine,
A jamais sois béni par la souffrance humaine !

Roi qui troubles les airs, les mers et les forêts,
Qui recèles en toi d'effroyables secrets,
Et dont l'appel fatal convie aux mêmes fêtes
Le troupeau des humains et la foule des bêtes,

Par les clameurs des cerfs bramant au fond des bois,
Par les rugissements, par les chants et les voix,
Par les sanglots, les cris d'extase ou de détresse,
Sois béni pour l'angoisse et béni pour l'ivresse!

Dieu foudroyant, sur nous tombant comme l'éclair,
Amour, Dieu tendre aussi, Dieu bon au regard clair,
Sois à jamais béni, les cœurs qui sont ta proie
Fondent en des soupirs et des larmes de joie!

Eros, par qui les soirs alanguis et charmés
Unissent leur frisson aux voix des bien-aimés,
Par ce frisson des soirs, par ce trouble des choses,
Par les lys expirants, et les bouches des roses,

Par la splendeur des yeux de passion chargés,
Par leurs baisers muets longuement échangés,
Par les lèvres, les mains qui se cherchent dans l'ombre,
Sois béni, Dieu charmant des caresses sans nombre!

Dieu propice aux amants pour qui s'épanouit
La féerie étoilée et pâle de la nuit,
Puisque rien n'est encor plus vrai que tes mensonges,
Je bénis ta pitié, qui nous donne des songes.

Dieu qui sais évoquer les êtres du néant,
Et pousses affamé ce tourbillon vivant
Vers tes communions et tes saintes orgies,
Magicien, oh ! sois béni pour tes magies.

Dieu si tendre parfois, Dieu des nuits de printemps,
Dieu qui gonfles les cœurs et les fais haletants,
Qui rapproches les fronts, les poitrines, les lèvres,
Que toute vierge implore en appelant tes fièvres,

Dieu cruel et Dieu bon, oh ! par moi sois béni !
Torture tout mon cœur d'un désir infini ;
Je suis ton confesseur altéré de supplices ;
Fais-moi sans fin goûter tes amères délices ;

Oui, comme un Dieu, j'ai soif d'amoureuses douleurs ;
Je t'ai voué mon être et je t'offre mes pleurs ;
Et, Roi terrible et doux, Eros, sous tes morsures
Fais couler tout mon sang par d'exquises blessures !

TOUJOURS

Tout est mensonge : aime pourtant,
Aime, rêve et désire encore ;
Présente ton cœur palpitant
A ces blessures qu'il adore.

Tout est vanité : crois toujours,
Aime sans fin, désire et rêve ;
Ne reste jamais sans amours,
Souviens-toi que la vie est brève.

De vertu, d'art enivre-toi ;
Porte haut ton cœur et ta tête ;
Aime la pourpre, comme un roi,
Et n'étant pas Dieu, sois poète !

Rêver, aimer, seul est réel :
Notre vie est l'éclair qui passe,
Flamboie un instant sur le ciel,
Et se va perdre dans l'espace.

Seule la passion qui luit
Illumine au moins de sa flamme
Nos yeux mortels avant la nuit
Éternelle, où disparaît l'âme.

Consume-toi donc, tout flambeau
Jette en brûlant de la lumière;
Brûle ton cœur, songe au tombeau
Où tu redeviendras poussière.

Près de nous est le trou béant :
Avant de replonger au gouffre,
Fais donc flomboyer ton néant;
Aime, rêve, désire et souffre!

PRÉLUDE

Tu ne me connais pas, tu ne sais qui je suis,
   Tu ne m'aperçois pas, le soir, quand je te suis,
Quand se perd ma pensée en tes lueurs de femme,
Quand je m'en vais, noyant mes sens, noyant mon âme
Dans les candeurs et les fraîcheurs de ta beauté.
Tes regards clairs, pareils à des matins d'été,
Si chastement encor s'arrêtent sur les choses :
Tu n'as jamais su voir le trouble que tu causes,
Jamais tu n'as su voir, en passant devant moi,
Que je m'émeus et souffre, et pâlis près de toi !
A qui donc seras-tu ? Qui boira la lumière
De tes yeux ? Qui verra l'ivresse printanière
De ton premier amour ? Un soir, quel bienheureux
Te tiendra sur son cœur comme un oiseau peureux ?
Oh ! qui déroulera ta jeune chevelure ?
Qui viendra respirer, ô fleur, ton âme pure,
Et par de long baisers courant sur tes bras nus
Fera passer en toi les frissons inconnus ?
Et moi, qui si longtemps t'ai cherchée et rêvée,
Je dois donc te quitter, lorsque je t'ai trouvée !

L'ABSENTE

JE suis comme un pêcheur qui se prend à rêver
   D'une perle dormant sous les vagues profondes,
D'une perle sans prix que nul n'a su trouver,
Pareille à des yeux clairs, à de grands yeux de blondes.

Je cherche ainsi des yeux que nul n'aura su voir,
Très calmes et très doux, très tendres et très pâles,
Ayant, comme dans l'air les étoiles du soir,
L'éclat mystérieux des troublantes opales.

Et je cherche des seins, comme la chair des fleurs,
De douceur infinie et de clarté si blanche,
Que les lys, les lys seuls ont de telles pâleurs,
La pâle tubéreuse ou la pâle pervenche.

Et j'appelle une enfant que je ne verrai pas,
Dont l'ensorcellement, les philtres et les charmes,
Ou les candeurs d'amour, m'arrachant d'ici-bas,
De mes yeux desséchés feraient sourdre des larmes.

FRISSONS DE FLEURS

LES soirs d'été les fleurs ont des langueurs de femmes,
Les fleurs semblent trembler d'amour, comme des âmes;
Palpitantes aussi d'extase et de désir,
Les fleurs ont des regards qui nous font souvenir
De grands yeux féminins attendris par les larmes,
Et les beaux yeux des fleurs ont d'aussi tendres charmes.
Les fleurs rêvent, les fleurs frissonnent sous la nuit;
Et blanches, comme un sein adorable, qui luit
Dans la sombre splendeur d'une robe entr'ouverte,
Les roses du milieu de l'obscurité verte,
Tandis qu'un rossignol par la lune exalté
Pour elles chante et meurt sous cette nuit d'été,
Les roses au corps pâle, en écartant leurs voiles,
Folles, semblent s'offrir aux baisers des étoiles.

SÉRÉNADE MÉLANCOLIQUE

TES grands yeux doux semblent des îles
   Qui nagent dans un lac d'azur :
Sous la paix de tes yeux tranquilles,
Fais-moi tranquille et fais-moi pur.

Ton corps a l'adorable enfance
Des clairs paradis de jadis ;
Enveloppe-moi du silence
De ton corps blanc comme les lys.

Je souffre, j'étouffe, je pleure :
O mon amour, fais de tes bras,
Pour que je m'y perde et j'y meure,
Un tombeau que tu m'ouvriras !

ADORATION

JE voudrais t'entourer de parfums angéliques,
Je te voudrais bercer en d'anciennes musiques,
Dont le charme trop doux ferait couler tes pleurs;
Je te voudrais parer de fleurs rares, de fleurs
Souffrantes, qui mourraient pâles sur ton corps pâle;
Et je voudrais à l'heure où la mystique opale,
La lune monterait dans le bleu firmament,
Je voudrais près de toi me pencher, et t'aimant,
Lorsque ton âme alors serait tout attendrie
Par la nuit languissante et d'étoiles fleurie,
Te murmurer, frôlé par tes cheveux soyeux,
Des propos, caressants et doux comme tes yeux.

CHANSON TRISTE

DANS ton cœur dort un clair de lune,
    Un doux clair de lune d'été,
Et loin de la vie importune,
Je me veux perdre en ta clarté.

J'oublierai les douleurs passées,
Mon amour, quand tu berceras
Mon triste cœur et mes pensées
Dans le calme aimant de tes bras.

Tu prendras ma tête malade,
Oh ! certain soir sur tes genoux,
Et lui diras une ballade
Qui semblera parler de nous ;

Et dans tes yeux pleins de tristesses,
Dans tes yeux alors je boirai
Tant de baisers et de tendresses,
Que peut-être je guérirai.

LE TSIGANE DANS LA LUNE

C'EST un vieux conte de Bohême :
    Sur un violon, à minuit,
Dans la lune un tsigane blême
Joue en faisant si peu de bruit,

Que cette musique très tendre,
Parmi les silences des bois,
Jusqu'ici ne s'est fait entendre
Qu'aux amoureux baissant la voix.

Mon amour, l'heure est opportune :
La lune éclaire le bois noir ;
Viens écouter si dans la lune
Le violon chante ce soir !

NUIT D'HYMÉNÉE

A la nuit de notre hyménée
   J'avais convié les oiseaux :
Pour qu'elle fût illuminée,
La lune aussi sortit des eaux.

La lune monta souriante,
Et pendant que tremblait ton cœur,
La mer au loin chantait brillante,
Les vents t'apportaient sa langueur.

Les violettes, les jacinthes,
L'âme brûlante de désirs,
Envoyaient à tes lèvres saintes
Leurs ivresses et leurs soupirs.

Les feuilles chuchotaient entre elles ;
Je tenais tes mains à genoux ;
Les oiseaux mêlaient des bruits d'ailes
A leurs sérénades pour nous.

Le profond minuit les fit taire :
Les cieux s'étendaient solennels ;
Des clartés d'amour sur la terre
Pleuvaient des astres éternels ;

Et pâle, sous la nuit immense,
Tu sentis sur ton front béni
Descendre, à travers ce silence,
Le grand baiser de l'infini !

LES HARPES DE DAVID

LA nuit se déroulait splendide et pacifique ;
 Nous écoutions chanter les vagues de la mer,
Et nos cœurs éperdus tremblaient dans la musique :
Les harpes de David semblaient pleurer dans l'air.

La lune montait pâle, et je faisais un rêve ;
Je rêvais qu'elle aussi chantait pour m'apaiser,
Et que ses flots aimants ne venaient sur la grève,
Que pour mourir sur tes pieds purs et les baiser ;

Que nous étions tous deux seuls dans ce vaste monde,
Que j'étais autrefois sombre, errant, égaré,
Mais que des harpes d'or en cette nuit profonde
M'avaient fait sangloter d'amour et délivré ;

Et qu' tout devenait pacifique, splendide,
Pendant que je pleurais, le front sur tes genoux,
Et qu'ainsi que mon cœur le ciel n'était plus vide,
Mais que l'âme d'un Dieu se répandait sur nous !

AIR DE SCHUMANN

Tu fermes les yeux, en penchant
 Ta tête sur mon sein qui tremble :
Oh ! les doux abîmes du chant,
Où nos deux cœurs roulent ensemble !

Oh ! les notes qui font souffrir,
Et les adorables supplices,
Lorsque l'âme se sent mourir
En de si profondes délices !

D'où venons-nous, pâles ainsi,
De l'avenir, du passé sombre ?
Tu souffres, et j'étouffe aussi :
Que contemplent nos yeux dans l'ombre ?

PRÈS DE LA MER

É COUTE la chanson des flots,
  Leurs rires, leurs cris, leurs sanglots.

En chantant ils rongent dans l'ombre
Les os blanchis de morts sans nombre,

Rires confus, cris ou sanglots,
Entends-tu la clameur des flots ?

Joyeuse, plaintive, ironique,
Elle est si vague, leur musique.

Rires confus, cris ou sanglots,
Écoute la chanson des flots.

La nuit vient : les cieux et la terre,
Sont tout effrayants de mystère.

Entends-tu la chanson des flots,
Leurs rires, leurs cris, leurs sanglots?

Nous contemplons la mer immense;
... Où va notre amour qui commence?

TENDRESSE

METS ta main sur mes yeux : je ne veux plus rien voir
Et ne plus rien sentir, hors ta chère présence,
Puisque ainsi ta tendresse est mon unique espoir,
Et que ton amour sûr est ma seule croyance.

Mets ta main sur mes yeux, mets mon front sur ton cœur;
Que ton âme de fleur me caresse et pénètre,
M'imprégnant d'une exquise et mortelle langueur,
Et fais descendre en moi le calme de ton être.

ANTITHÈSE

DEBOUT sur la falaise et se donnant la main,
Sont deux jeunes amants éblouis par leur rêve,
Regardant la mer pâle, et sur le flot lointain,
Découverte à mi-corps, la lune qui se lève.

— Ils vieilliront un jour : leurs pauvres cheveux blancs
Auront peine à couvrir les rides de leurs tempes,
Et près du feu, le soir, engourdis et tremblants,
Ces deux vieux dormiront à la clarté des lampes.

Ils auront oublié les soirs dans les forêts,
Et ces flots frémissant sous l'amour de la lune,
Et, le cœur mort, n'auront plus même de regrets,
Quand ils se souviendront d'une ivresse commune ;

Et plus de nuits d'été ni d'étoiles pour eux ;
Plus rien, hors la lueur des longs cierges funèbres,
Le soir où leurs enfants les étendront tous deux
Sur le lit, préparé pour tous dans les ténèbres.

OSSUAIRE

Ces os, alors que nous vivions,
    Portaient des corps de gentilshommes ;
Ce que vous êtes, nous l'étions ;
Vous serez tous ce que nous sommes.

Voici les sages près des fous ;
Ici plus de brune ni blonde ;
Vous qui passez, regardez-nous :
C'est le dénouement de ce monde.

Belles au bras de vos amants,
Qui marchez en riches toilettes,
Tournez ici vos yeux charmants,
Venez contempler nos squelettes.

La Vie a besoin de l'Amour ;
C'est le pourvoyeur de ses fêtes...
Amants, baisez-vous vite : un jour
La Mort séparera vos têtes.

SUITE DE GRAVURES ANCIENNES

L A vie est un festin où l'on s'assied gaiement;
L'amoureuse a les yeux levés vers son amant,
L'amant passe son bras au cou de sa maîtresse;
Des rires sont dans l'air; dans l'âme l'allégresse
Coule ainsi qu'un flot d'or dans la pourpre du soir.
— Beaux yeux, pleins de reflets, profonds comme un miroir,
Parfums de chair montant des robes entr'ouvertes,
Parfums, éclat des fleurs parmi les feuilles vertes,
Splendeur des corps, blancheur des bras nus et des seins,
Gaîtés, chansons, baisers, longs serrements de mains,
Vins en des cristaux clairs qui jettent de la flamme,
Douceur des violons qui fait frissonner l'âme,
Tout est lumière, joie et musique, et les yeux
Sont fiers, comme si l'homme était frère des Dieux!
— Mais pendant que leur âme est perdue en ce rêve,
Hideuse, tout à coup, se démasque et se lève
La Mort, le rire aux dents, la Mort dressant ses os;
L'ombre remplit la salle : ainsi que des oiseaux

Que vient frapper l'hiver, les chants ferment leur aile.
La Mort fait sans merci tout chasser devant elle :
Et l'on découvre au loin des spectres décharnés,
— Et, s'approchant, le gai troupeau des nouveau-nés.

AT HOME

ÉCARTE ton esprit de l'abîme des causes,
  D'où revient tout plongeur pâle et les yeux hagards :
Trop obscur et terrible est l'océan des choses :
Vois, ton amante est là qui t'ouvre ses regards.

Rêve, contemple, oublie, adore-la, fais d'elle,
De ses bras merveilleux ta tombe ou ta prison ;
Fais de son corps d'enfant, de ses yeux d'hirondelle,
Fais de sa chair de fleur ton tranquille horizon.

Tu ne peux être un Dieu : sois un homme, et ne rêve
Que devant le mystère et l'amour de ses yeux,
Quand par moment sur toi leur paupière se lève,
Laissant filtrer comme un matin délicieux.

Ne cherche plus où tend la destinée humaine.
Aspire le pavot troublant de sa beauté,
Et tel qu'un mort dans la prairie élyséenne,
Bois sa chère douceur comme une eau du Léthé.

L'IVRESSE DES AMANTS

L'IVRESSE des amants fait la splendeur des nuits :
 C'est mon cœur que j'écoute en cet oiseau qui pleure ;
Un écho de mon cœur palpite en tous ces bruits,
Et mon âme se mêle au souffle qui t'effleure.

Ce qui rend ce ciel morne à nos regards si doux,
C'est l'ivresse d'aimer qu'exhale tout notre être,
Et c'est par tout l'amour qui rayonne de nous,
Que cette immense nuit nous caresse et pénètre.

— Sois donc ivre, ô mon âme, et sois ivre toujours ;
La seule illusion fait la beauté des choses ;
Et pleure aussi parfois, sachant que tes amours
Ont la fragilité des lèvres et des roses.

POUSSIÈRE

CETTE poussière, cette ordure,
Ces os épars étaient jadis
La forme lumineuse et pure
D'une femme au long corps de lys.

Jetant des rayons de tendresse,
Des yeux charitables ont lui,
Des yeux tremblaient, pleins de caresses,
En ces deux trous noirs aujourd'hui.

De cet argile, de ces cendres,
De tous ces pâles ossements,
Tombaient autrefois des mots tendres
Que buvait l'âme des amants.

Et maintenant, mon adorée,
Comprends-tu que tout est néant,
Hormis cette ivresse sacrée
Qui nous transfigure un instant;

Hormis nos amours et nos songes,
Hormis donc ce qui paraît vain,
Ces beaux et sublimes mensonges
Qui font tout ce néant divin !

PERFIDES DÉLICES

Le vent qui parle bas à l'oreille des roses
        Leur murmure ces mille choses,
        Dont ma bouche aussi t'a parlé ;
Et, comme toi, les fleurs ont penché leur oreille
        Vers la douce voix sans pareille,
        Puis l'enchanteur s'est envolé.

Et d'un air tout rêveur, en leur robe de fête,
        Les fleurs laissent pencher leur tête,
        Et leur petit cœur parfumé ;
Demain pourtant, demain, ces frêles amoureuses,
        Que ces baisers faisaient heureuses,
        Mourront toutes d'avoir aimé,

D'avoir un soir goûté les mortelles délices,
        D'avoir entr'ouvert leurs calices
        A l'enivrement de l'amour,
Par qui la chair des fleurs est si vite flétrie,
        Par qui toute femme est meurtrie,
        Et se fane et meurt chaque jour.

Car la Mort, pour complice éternel, a son frère,
L'Amour, né de la même mère,
Au cœur sans pitié ni merci,
La Déesse à la fois bonne, cruelle et dure,
Douce et féroce, la Nature,
Qu'on adore et maudit aussi!

LE BONHEUR

Si tu n'as pas senti trembler ton cœur, tes lèvres,
Au serrement furtif d'une main sur ta main ;
Si tu n'as pas connu le délire et les fièvres,
Qu'éveille ce seul mot dit tout bas : à demain !

Si tu n'as pas cherché dans les bras de la femme
Des bonheurs infinis qu'elle ne peut donner,
Si lui demandant trop, tes regards et ton âme
N'ont pas pour tout jamais voulu s'en détourner ;

Lorsque l'immense nuit te couvre et te pénètre,
Palpitant comme toi d'un rêve illimité,
Si tu n'as pas senti se fondre tout ton être
Sous l'ineffable paix des étoiles d'été ;

Si n'enviant jamais les sanglantes délices
Ni la sublime horreur des dévouements divins,
Ton cœur n'a pas bondi vers ces grands sacrifices,
Par où l'on veut mourir et pourtant qu'on sait vains ;

3

Oh ! vraiment je te plains plus que je ne t'envie,
Toi que d'âpres désirs n'auront pas consumé,
Et qui tranquillement auras passé ta vie,
N'ayant jamais souffert pour avoir trop aimé !

LE RÊVE

C'ÉTAIT un soir d'été, large, éclatant, vermeil :
   Comme un grand cœur saignant se mourait le soleil ;
Le cœur divin versait sa tendresse infinie,
Et nous contemplions sa sublime agonie,
Et tout nous paraissait splendide, harmonieux,
Divin comme l'amour, qui brûlait dans tes yeux.
Seul depuis, j'ai revu les couchants magnifiques,
Et ce même soleil, et ses pourpres magiques,
Qui n'illuminaient plus ton visage adoré ;
Et tout m'a semblé froid, morne, décoloré...
Notre rêve avait fait la beauté de ces choses :
Et la douceur des fleurs, celle des lèvres roses,
Et ce lac frissonnant, qui nous avait charmés,
Alors qu'il se mirait dans tes yeux bien aimés,
Ce bleu tendre des flots sillonné par les cygnes,
Et ce chant des couleurs, ces musiques des lignes,
Tout ce qui ce soir-là nous fit ivres et fous,
Était créé par nous, et n'existait qu'en nous...

NUIT DEVANT LA MER

Tous deux, naguère, assis la nuit sur ce rivage,
  Nous écoutions pleurer les harpes de la mer :
La mer bondit ce soir amoureuse et sauvage;
Flots qui hurlez, mon cœur comme vous est amer!

C'est comme un bruit sans fin de sanglots et de râles,
Les grands flots vers le ciel montent désespérés :
Et la lune et la mer s'attirent et sont pâles,
Ainsi que deux amants que l'on a séparés.

EXPIATION

I

J'ÉTOUFFAIS : je ne sais pourquoi :
Au milieu de ce sombre monde,
Je trouvais pourtant près de toi
La lumière et la paix profonde.

Qu'allais-je donc chercher ailleurs ?
La plus belle âme était la tienne,
Tes regards étaient les meilleurs,
Les plus beaux dont il me souvienne.

Seul dans ce monde triste et grand,
A tous les vents offrant ma tête,
Oh! quel besoin d'aller errant,
Et d'être un oiseau de tempête?

II

Tu me donnas ton cœur, tes yeux,
Ta jeune passion, tes lèvres ;
Tu mis l'ombre de tes cheveux
Sur mon front que brûlaient les fièvres :

Et pourtant je t'ai fuie un jour,
Et j'ai voulu que tu m'oublies ;
Et c'est aujourd'hui mon amour,
Qui te venge de mes folies !

C'est moi qui souffre comme un fou
En pensant à la dernière heure,
Où tu mis tes bras à mon cou :
C'est moi qui t'aime et moi qui pleure !

LE REVENANT

Comme en la ballade du Nord
Le revenant quittant sa tombe,
Mon pauvre amour, mon amour mort
S'en est allé vers sa colombe.

Qui frappe? — O mon âme, c'est moi;
C'est mon amour qui te vient prendre;
C'est mon cœur qui retourne à toi,
Je veux te revoir et t'entendre.

Sur l'aile ardente de mes chants
J'emporte au loin ma bien-aimée :
A travers les monts et les champs,
Sous la nuit d'étoiles semée,

Par les bois et par les vallons,
Qui s'emplissent de bruits de fête,
Ses bras à mon cou, nous allons,
Nous allons comme une tempête,

En fuite vers le pays clair,
Vers le jardin de ma pensée,
Vers le palais d'or, où sa chair
Sera de chansons caressée.

— Ma maîtresse amoureusement
Tenait son front sur ma poitrine,
Et vers ma lèvre par moment
Tendait sa lèvre purpurine ;

Et nous allions, comme autrefois,
Fondant nos deux âmes en une,
Fondant nos souffles et nos voix,
Sous le même rayon de lune.

MUSICA

TENDRE et si bonne à ceux qu'un grand deuil a brisés,
  La musique parfois prend la voix d'une morte :
Elle a cette douceur qu'avaient d'anciens baisers,
Volupté qui souvent fait mal, étant trop forte.

Pâle, ému, frissonnant, tremblant comme autrefois
A l'évocation des délices perdues,
Hier soir dans un chant je retrouvais ta voix,
Et tes lèvres d'enfant semblaient m'être rendues.

Je sentais de nouveau ta robe me frôler,
Et goûtais, oubliant ton éternelle absence,
Comme jadis, les yeux fermés et sans parler,
La musique et le cher parfum de ta présence.

L'INVISIBLE BAISER

MALGRÉ que ton corps blanc repose en son tombeau,
Ton regard luit toujours sur moi, tranquille et beau,
Et, pareil aux rayons des pâles nuits polaires,
M'illumine de ses clartés crépusculaires.

Oh! quelquefois pour nous les liens les plus forts
Sont ces regards lointains qui nous viennent des morts!
Et comme il est puissant, ô mortes bien aimées,
L'invisible baiser de vos lèvres fermées!

LE MYSTÈRE

O nuit, ô belle nuit, pâle comme *sa* chair :
Je rêve au passé mort, je rêve au passé clair...

Je revois ta chair pâle, et rêve aux heures mortes,
Où notre joie, où notre extase étaient si fortes !

Le rossignol des nuits d'alors ne chante plus :
Je songe à tes grands yeux qui m'étaient apparus.

Et je songe à ta voix angéliquement tendre,
Que jamais, oh ! jamais je ne dois plus entendre,

Aux baisers de ta voix si mortellement doux,
Aux délices des soirs passés à tes genoux !...

Et je pense à la mort, et je pense à la tombe,
Qui fut scellée un jour sur ma pâle colombe ;

Et je cherche où s'en vont ceux qui s'en sont allés,
Ces regards, ces soupirs, ces parfums envolés.

Je réclame ton âme invisible à l'espace :
Ton âme est-elle errante en ce souffle qui passe ?

Et je porte à ma bouche et je baise une fleur,
Où je sens ton haleine et revois ta pâleur.

Ton âme revit-elle en ce frisson d'étoile ?...
Morts, pourquoi le mystère horrible qui vous voile ?

O nos morts bien aimés, où disparaissez-vous ?
Serions-nous vos tombeaux ? N'êtes-vous plus qu'en nous ?

Serais-tu tout entière, hélas ! ensevelie
Dans ce cœur d'un amant qui, vieillissant, t'oublie ?

— Nuit chaude, ô nuit aimante, et pleine de soupirs,
Je songe à ce néant de tous nos grands désirs !

INCONSTANCE

PENDANT les soirs mélancoliques,
On rouvre parfois un coffret,
Où dorment les chères reliques
D'un être que l'on adorait.

On regarde ces fleurs fanées,
Toutes ces mortes sans parfums,
Qui nous rappellent les années
Où vivaient nos amours défunts;

Et respirant ces violettes,
Méconnaissables de pâleur,
Tenant en nos doigts les squelettes
De tous ces bouquets sans couleur,

Nous nous étonnons qu'en nous-mêmes
Chaque jour soit plus effacé
Le souvenir d'heures suprêmes,
Fleurs radieuses du passé;

Et que la loi de la nature,
Pour la honte du cœur humain,
Soit qu'en nous ainsi rien ne dure :
Joie, ivresse, deuil ou chagrin.

LE SOIR D'UN VENDREDI-SAINT

L'AIR est chaud à troubler la pureté d'un ange;
Et la lune, montant dans le ciel lourd du soir,
Comme la lampe d'or qui veille en un boudoir,
Verse à nos sens émus une langueur étrange.

Ce soir, la jeune fille, en sa chair ignorante
Sentant frémir l'appel de désirs inconnus,
Laissera ses cheveux couler sur ses bras nus,
Et pâlira, troublée à leur caresse errante.

Le ciel est tout chargé de subtiles senteurs,
Que les acacias de leurs rameaux en fleurs
Jettent comme un poison aux souffles de la brise.

Et la chair triomphante, ainsi qu'aux jours anciens,
Malgré que Jésus-Christ se meure dans l'Église,
Se damne, appartenant ce soir aux Dieux païens.

IMPERIA

« Vis superba formæ. »

CALMES, indifférents, splendides, ses regards
    Jetaient, comme la mort, l'âme dans l'épouvante ;
Et froids, brillants, ayant l'éclat des beaux poignards,
Faisaient sentir à tous leur morsure savante.

Plus d'un prélat rêvant l'enfer de son boudoir,
Pris de vertige et fou, laissa la sainte table,
Et râlait de désirs en poursuivant, le soir,
A travers les jardins, sa beauté redoutable.

Le pape, la voyant en robe de velours,
Calice d'où sortait en fleur sa gorge nue,
Se dit : « Les vieux démons ressuscitent toujours,
Et Vénus, la sorcière antique, est revenue ! »

Alors Imperia tranquillement sourit ;
Et, vaincu par ses yeux, et lâche comme un homme,
Au lieu d'exorciser, le pape la bénit,
Et la belle resta dans la ville de Rome.

LES PAUVRES MORTS

Amants, parés d'or et de soie,
Vous dont la mort a fait sa proie,
Bouches en fleurs, tendres bras nus,
Qu'êtes-vous, hélas ! devenus,
Beaux corps vêtus d'or et de soie ?

Sous la terre gisent les morts :
Nous dansons sur leurs pauvres corps,
Que dans leurs tombes l'on oublie.
Tout n'est que mystère et folie !...
Pourquoi les vivants et les morts ?

LE TOURBILLON

Vois-tu les danses des atomes,
　　Les tourbillons d'astres au ciel,
Et tous les vivants, ces fantômes,
Roulant dans le cercle éternel ?

Mon âme, entends-tu dans l'espace,
Pareille au bruit que font les flots,
Cette immense rumeur qui passe,
Ces cris et ces chants, ces sanglots,

Et ces rugissements de haines,
Sombres, féroces, forcenés,
Ces voix hurlantes ou sereines,
Voix des élus ou des damnés?

Les entends-tu, les pleurs, les râles,
Et, parmi les gémissements,
Les soupirs des amantes pâles
Sous les baisers de leurs amants?

Du large océan qui fermente,
Des lacs, des fleuves, des torrents,
Entends-tu, comme une tourmente,
T'envelopper les bruits errants?

Et les montagnes et les plaines,
Les steppes, les forets, les bois,
Aux clameurs des foules humaines,
Les entends-tu mêler leurs voix?

De ce concert qui recommence
Éternellement, et sans fin
Va s'éteindre dans le silence,
Comprends-tu que le bruit est vain?

Ces chairs, ces yeux, ces dents, ces bouches,
As-tu vu leur fragilité?
Sens-tu dans la main que tu touches
Son odeur de mortalité?

Pourtant, mon âme, plonge au gouffre :
Dans le tourbillon des vivants
Une heure aussi jouis et souffre,
Flotte, fantôme, au gré des vents ;

Enlacée au corps d'une femme,
Comme l'amant de Rimini,
Tournoie un instant, ô mon âme,
Dans le tourbillon infini !

SOIR DE PAQUES

CRIANT, fuyant à tire-d'ailes
    Dans le crépuscule profond,
Là-haut, là-haut les hirondelles
Alleluia ! dansent en rond.

Là-haut, là-haut tournent les mondes ;
La lune monte tout en feu ;
Les étoiles forment des rondes ;
Alleluia ! le ciel est bleu :

Et mon âme tout à coup folle
Quitte son corps, s'échappe et fuit,
Et mêlée aux oiseaux s'envole,
Pour danser comme eux dans la nuit !

VENEZIA

A Venise, mon âme heureuse,
    Sous la chaude clarté du soir,
Goûtait une mort savoureuse
Dans la gondole de bois noir;

Et, renaissant dans un autre âge
Avec les grands patriciens,
Se replongeait parmi l'orage
Ou la gloire des temps anciens,

Au présent mort, je croyais être
Un compagnon du Dandolo,
Ou quelque amant sous la fenêtre
De la divine Capello,

Guettant la minute opportune
Où, du haut d'un balcon, sans bruit
Elle jetterait sous la lune
Un baiser pour moi dans la nuit.

Alors sur les rochers, les grèves,
Sur toutes les mers du Levant,
Libre, je promenais mes rêves
Au bruit des vagues et du vent.

Aussi quand, rentré dans Venise,
Je rapportais quelque trésor
Pour le vieux saint Marc, dont l'église
S'emplit le soir de frissons d'or,

Je sentais mon âme pareille,
Après ce passé glorieux,
A l'église sombre et vermeille
Qui fleurissait devant mes yeux :

Mes souvenirs étaient, comme elle,
Mystérieux, tristes et beaux;
Des oiseaux y posaient leur aile;
Dans l'ombre y dormaient des tombeaux;

Et comme en elle, dans mon âme,
Sur le fond ténébreux toujours,
Étincelaient l'or et la flamme
Et la pourpre de mes amours.

INTÉRIEUR VÉNITIEN

DERRIÈRE ses cheveux entre-croisant ses mains,
   Pour mieux faire saillir la pointe de ses seins,
Sur un drap de brocart s'étend, nue et parfaite,
Une femme, et rieuse elle penche la tête
Vers son amant, un grave et fier patricien,
Après avoir ainsi posé devant Titien.
Sous le ciel clair on voit par la fenêtre ouverte
Luire le grand canal, et trembler dans l'eau verte
Le reflet des palais empourprés par le soir.
Le magnifique, assis près d'un lévrier noir,
Écoute, en caressant des yeux la ligne blanche
Et l'ondulation tranquille de la hanche,
Des instruments lointains qui mêlent leurs accords
Au rythme harmonieux et pur de ce beau corps.

LES OCÉANIDES

TANDIS que Prométhée, insultant au Destin,
Se tordait, déchiré de morsures cruelles,
A travers le brouillard et l'air frais du matin,
Il voyait s'approcher, onduleuses et belles,

Les nymphes de la mer, et le soleil lointain
Mettait des rires d'or en leurs claires prunelles;
Sur les grands flots chantait leur parler argentin,
Et l'âme du Titan s'adoucissait par elles.

Or, nous tous qui, lassés, brisés par les combats,
Ou mordus par les maux voraces d'ici-bas,
Cherchons aussi l'oubli dans les regards des femmes,

Nous devons, comme lui, nous estimer heureux
Que l'Océan de l'être en ses flots ténébreux
Fasse fleurir des corps qui consolent nos âmes.

I

LE CENTAURE ET L'AMOUR

L'AMOUR, dominateur des âmes et des corps,
   Gloire de la nuit bleue, éclat du crépuscule,
L'amour, splendeur du jour, a dompté tous les forts,
Et ce meurtrier seul a su tuer Hercule.

Les antiques sculpteurs sous les traits d'un enfant
Représentaient ce Dieu, que nous servons encore,
Souriant et tranquille et d'un air triomphant
S'amusant à tirer la barbe d'un centaure.

II

SAINT CHRISTOPHE

Fort pourtant comme Atlas, comme le vieux géant
  Qui jadis de son dos raidi portait le pôle,
Saint Christophe a plié sous le poids d'un enfant,
Du tout petit Jésus assis sur son épaule.

Saint Christophe, courbé sous le divin fardeau,
Un chêne pour bâton, traverse une rivière,
Et regarde étonné le ciel, la terre et l'eau,
Par les yeux d'un enfant se remplir de lumière.

Florence.

LA MÉDITERRANÉE

DANSEUSE bizarre, dont l'âme
Change d'humeur à tous moments,
La Méditerranée est femme,
Et je suis l'un de ses amants.

Les nuits de lune, ô ma pensée,
Que de fois morte de langueur,
Entre ses bras tu t'es bercée
Au rythme apaisé de son cœur !

Comme une danseuse fantasque,
Qui dans un palais d'Orient
Lente, aux sons des tambours de basque,
Tord ses hanches, en souriant ;

Ou comme une fauve Espagnole,
Avec ses regards assassins,
Qui dansant se renverse et, folle,
Dresse les pointes de ses seins,

La nuit, sous les étoiles blanches,
Qui d'amour tremblent dans les cieux,
Elle balance aussi ses hanches,
Et vous prend l'âme avec ses yeux.

Le jour elle sourit et chante,
Ses yeux passent du vert au bleu.
Douce parfois, parfois méchante,
Aujourd'hui froide, hier en feu;

Sans cesse elle change, et l'orage
Succède au calme bien souvent :
Alors, vous frappant au visage,
Criant, hurlant, cheveux au vent,

La rude et sauvage maîtresse
Dont un soufflet suit un baiser,
Capable après une caresse
De vous prendre et de vous briser,

Je l'aime ainsi, la bête étrange,
Féline et tuant sans remord,
Mais dont l'amour au moins mélange
Tant de voluptés à la mort.

Cherchell.

SIRÈNE

L A sirène avait tes yeux clairs,
  Tes chers yeux, inconstants et vagues,
Tes yeux pâles et sans éclairs,
Tes yeux de la couleur des vagues.

Et la sirène avait ta voix,
Ta voix troublante d'enfant blonde,
Quand elle attirait autrefois
Les marins sous la mer profonde.

Et n'avait-elle pas ton cœur,
Lorsque la perfide adorable
Souriait, de son air moqueur,
A ces morts couchés sur le sable?

L'AMOUR D'UN NOIR

Au miiieu de l'Afrique habite un prince noir,
Qui, triste et dégoûté de la troupe servile
De ses femmes, s'est fait bâtir hors de sa ville
Un palais sombre où seul il s'en va chaque soir.

Le jardin du palais enferme une lionne,
Longue, souple, superbe, errant en liberté,
Et roulant des éclairs, comme les nuits d'été,
Au fond de son œil lourd, qui dans l'ombre rayonne;

Et sous les grands palmiers, devant le couchant d'or,
Le prince chaque soir rêve accoudé sur elle;
La bête est étendue, amoureuse et fidèle,
Et c'est sur son front roux que le nègre s'endort.

CHARMEUSE DE SERPENTS

A petits pas, à pas très lents,
Va la charmeuse de serpents
Vers leurs corps souples et rampants.

Elle chante et sourit tranquille,
Tandis qu'à ses pieds un reptile
A dardé sa langue subtile.

Est-ce avec ses yeux ou sa voix
Qu'elle sait ainsi chaque fois
Les attirer du fond des bois?

Deux serpents aux bras, la charmeuse
Sous leur caresse paresseuse
Tressaille et rêve langoureuse.

Elle tient fermés ses yeux lourds,
Et rêve à de fauves amours,
A des corps enlacés toujours,

Et soudain farouche, extatique,
Ainsi qu'une prêtresse antique,
Danse, en sifflant un chant mystique.

REINE D'ORIENT

UNE ceinture d'or resplendit à sa taille :
   Terrible et belle, ainsi qu'une armée en bataille,
Le soir, quand elle marche en ses lourds vêtements,
Sa sinistre beauté fait pâlir ses amants.
Pareille à la Nature, inconstante comme elle,
Tendre parfois, parfois féroce et criminelle,
Déesse, à tout un peuple épris de sa beauté
Elle fait adorer sa bestialité.
Son palais est un temple, où des salles splendides
Enferment des lions et des serpents livides,
Confidents de son rêve obscur, et caressants
Quand le soir elle va parmi les flots d'encens
Du haut de ses jardins contempler taciturne
La frissonnante horreur du firmament nocturne.
Tantôt alors farouche elle donne à ses yeux
L'impassibilité des astres et des cieux ;
Tantôt, comme une bête accroupie et tranquille,
Lasse et morne elle songe, en regardant sa ville ;

Ou brûlante, tandis que gémissent dans l'air
Les flûtes au milieu des crotales de fer,
Et qu'avec des serpents enroulés dans leurs tresses
Tournent sur un seul pied et dansent ses prêtresses,
Elle enivre ses sens de lumière et de bruit,
Et fait signe à l'amant, qui mourra dans la nuit.

SOUFFLES BRULANTS

Vent chaud, ô vent du sud, vent lascif qui te joues,
  Comme un amant autour des bras nus et des joues,
O vent lourd de baisers, vent chargé de langueurs,
Vent qui gonfles les seins et troubles tous les cœurs,
Qui, ce soir te glissant auprès de ma maîtresse,
Sentiras frissonner son corps sous ta caresse,
Dans ton souffle j'ai mis mon âme, emporte-la,
Et puisses-tu brûler celle qui me brûla !

JUDITH

JUDITH a dévoué son corps à la Patrie ;
  Elle a paré ses seins pour son terrible amant,
Peint ses yeux, avivé leur sombre flamboiement,
Et parfumé sa chair, qui reviendra flétrie :

Et pâle elle est allée accomplir sa tuerie...
Ses regards fous d'extase et d'épouvantement,
Et sa voix, et sa danse, et son long corps charmant
Ont enivré le noir cavalier d'Assyrie.

Tout à coup, dans les bras du maître triomphant,
Elle eut l'affreux dégoût de lèvres l'étouffant...
Puis l'homme s'est couché, pris d'un sommeil de bête.

Dans l'horreur de l'amour autant que de la mort,
La femme sur le mâle a frappé sans remord,
Et froide, et lentement elle a scié sa tête.

CHANSON PERSANE

MES baisers seront les abeilles
Qui suceront comme des fleurs
Tes seins, ces roses sans pareilles,
Tes yeux, où je boirai tes pleurs.

Mes baisers viendront à tes lèvres,
Sous les clairs de lune d'été,
T'exhaler mes soupirs, mes fièvres,
Rossignols fous de ta beauté,

Et le matin ces hirondelles
Sur le palais blanc de ton corps
Mes baisers fermeront leurs ailes,
De trop d'amour ivres ou morts.

L'AMOUR D'ANTAR

Les astres de la nuit, les astres me ressemblent,
Fugitifs, égarés, enflammés comme moi :
Oh! si pâles d'amour, comme ils brûlent et tremblent,
Ainsi que tout mon corps lorsque je pense à toi!

Abla, ma bien-aimée, oh! trop longue est l'attente!
Vers toi n'entends-tu pas gémir mon cœur plaintif?
Quand pourrai-je la nuit retourner dans ta tente,
Et lécher tes pieds blancs, comme un lion captif?

Dans les combats, tandis que les têtes coupées
Roulent sous les sabots des chevaux furieux,
C'est ton nom que je crie, en riant aux épées
Dont les fauves éclairs me rappellent tes yeux.

Oh! l'amour d'autrefois, les longs frissons de fièvres!
O soirs de l'union! ô vin délicieux
Que je bus à la coupe ardente de tes lèvres!
Oh! les nuits au désert sous la fraîcheur des cieux!

Mais les destins cruels t'ont de moi séparée;
La lune est pâle, étant si loin de son soleil;
Sur ta couche la nuit, Abla mon adorée,
Sens-tu tous mes soupirs tourmenter ton sommeil?

FANTAISIE PERSANE

Au printemps, quand le monde est comme un paradis,
Quand chantent les oiseaux dans les soirs attiédis,
Du grand ciel bleu, pareil à du satin de Chine,
Quand la lune répand sa caresse divine,
Pour donner un moment de fête à tes regards,
Fais venir une vierge aux longs cheveux épars,
Qui te chantant les vers d'un poète mystique,
T'enivrera de ses yeux noirs, pleins de musique.
Fleur pâle, qu'elle exhale une exquise senteur,
Que longtemps elle danse et tourne avec lenteur.
Puis à tes pieds tombant, que sur eux elle pose
Son visage en sueur qui s'est teinté de rose.

MENSONGES

Dans ses grands yeux noirs de Péri
La femme au corps charmant recèle le mensonge :
Des milliers d'hommes ont péri
Pour un instant d'amour rapide comme un songe.

Allah, Allah, tu fis ses yeux,
Et la soif de mon cœur toujours inassouvie,
O Maître, ô Roi mystérieux,
Pourquoi mets-tu la mort aux sources de la vie ?

L'ESCLAVE DU CALIFE

I

COMME un poignard persan au fourreau merveilleux,
   Ton âme froide et dure habite un corps superbe;
La mort sourit parfois dans l'acier de tes yeux;
Mais tes regards sont beaux, si leur pointe est acerbe.

Aussi fais-moi souffrir, je bénirai mon sort;
Tu peux faire couler mon sang, mon sang t'appelle;
Verse-moi tes poisons, je chérirai ma mort:
De tes yeux meurtriers la lumière est si belle!

II

Mon âme boit la mort dans les fleurs de tes yeux;
Tes lourds bras caressants sont comme des reptiles;
Tes longs baisers ont un venin délicieux;
Je suis pâle de ces poisons que tu distilles.

Et j'ai fait mon linceul de tes sombres cheveux.
Jadis aussi j'aimais la puissance et la gloire:
J'ai reconnu que tout est néant, et je veux
M'anéantir en toi, comme dans la nuit noire.

LE HAREM

OH ! Aïcha, la vie, et Nedjéma, l'étoile,
    Zhora, Zhora, fleur jaune, et parfum de mes nuits,
Djohar, la perle fine, et pâle sous ton voile,
O Djemma, paradis d'amour, aube qui luis !...

Mon âme est comme un ciel fleuri d'astres sans nombre ;
Mon âme est un jardin, frais et mystérieux :
Que de cyprès aimants m'ont couvert de leur ombre !
Que de beautés de lune ont ébloui mes yeux !

PAYSAGE D'ÉGYPTE

SUR le sable brun des presqu'îles,
Où s'enfoncent leurs ventres lourds,
Se sont groupés des crocodiles :
C'est la saison de leurs amours.

La terre brûle : rien ne bouge ;
Et le grand épervier des airs,
Le soleil mourant d'un sang rouge
Éclabousse au loin les déserts.

La lune lentement s'élève
Dans la chaude vapeur du soir :
Près du fleuve s'allonge et rêve
Un sphinx ancien de granit noir ;

Il regarde sur l'eau dormante
Glisser silencieusement
Une barque où près d'une amante
Pleure la flûte d'un amant.

NOCTURNE

Sur ton sein pâle mon cœur dort
 D'un sommeil doux comme la mort :
Mort exquise, mort parfumée
Du souffle de la bien-aimée :
Sur ton sein pâle mon cœur dort...

LANGUEUR NOCTURNE

MA pensée est sereine et rêve parfumée,
Comme la chambre heureuse où dort ma bien-aimée :

Large fleur au cœur blanc qui parfume la nuit,
La lune sur l'étang du ciel s'épanouit.

Ma pensée est sereine et rêve caressée
D'une odeur de santal que ta chair m'a laissée.

LES REGARDS DES AMANTS

LES regards des amants ressemblent aux abeilles,
   Qui ne peuvent quitter le visage des fleurs;
Et leurs yeux, en goûtant des douceurs non pareilles,
En sont ivres parfois jusqu'à verser des pleurs.

Mais leur volage amour repose à la surface:
De votre corps, plus doux que la lune qui luit,
O femmes, si l'éclat se ternit et s'efface,
Vous voyez de leurs yeux la caresse qui fuit.

Et j'ai pitié de vous, les pauvres bien-aimées;
A l'appel du désir que vous croyez divin,
Que ne gardez-vous pas vos lèvres mieux fermées,
Puisque ce grand amour des hommes est si vain?

SILENCIEUX AMOUR

Qui de nous n'eut un jour au cœur
    Un amour profond qu'il dut taire,
Et ne connut cette langueur
Que donne un désir solitaire?

Je t'aime, et te suis pas à pas,
Je t'aime, et ne puis te le dire,
Je t'aime, et tu ne le vois pas,
Quand je me tais devant ton rire;

Quand je te contemple parfois,
Immobile, l'âme éblouie,
Les yeux dilatés, et sans voix,
Comme un fou regardant la vie !

Et cependant t'aimer ainsi
Est plein de ravissants supplices :
Aux douleurs se mêlent aussi
De mystérieuses délices.

6

Les longs désirs silencieux
Ont des ivresses qu'on ignore :
Je te possède par les yeux
Plus belle que tu n'es encore,

Et comme une étoile qui luit,
Comme un grand lys, vêtu de gloire,
J'évoque à ton insu, la nuit,
Pur, sans tache, ton corps d'ivoire.

PORTRAIT

Je sais des yeux couleur de l'eau,
　Rappelant ceux de la Joconde,
Mais qu'aurait retouchés Watteau,
Je sais des yeux couleur de l'onde.

Comme les ailes d'un oiseau
Palpitant sur une eau profonde,
Tremblent, clair et léger rideau,
Les cils blonds de ces yeux de blonde.

Et ces yeux laissent entrevoir,
Sous leur calme et brillant miroir,
Une sirène dont l'empire

Mystérieux, froid et charmant,
Fait songer ainsi vaguement
A l'onde dont parle Shakspeare.

TITANIA

Ma bien-aimée est une enfant,
  Une enfant aux yeux de pervenche,
Dont le jeune cœur triomphant
Semble un oiseau sur une branche.

Ma bien-aimée est un oiseau,
Un oiseau dont l'aile est légère,
Qui se berce sur un roseau,
Puis vole et fuit dans la lumière.

Ma bien-aimée au regard clair
Sans doute eut pour mère ou marraine,
Régnant aux grottes de la mer,
Folle et fantasque, une sirène :

Ses lèvres au pays natal
Auront pris le babil des vagues,
Et dans des palais de cristal
Auront fleuri ses grands yeux vagues.

Ma bien-aimée a dans sa voix
Claire, limpide, sans pareille,
Des sons rappelant dans les bois
Les bruits de l'aube qui s'éveille;

Et le charme étrange est si doux
De cette voix pleine d'aurore,
Qu'en l'écoutant à tes genoux
Je deviens pâle et je t'adore.

LES YEUX

GRANDS yeux bleus, cieux troublants où se perdent les songes,
Sombres yeux, gouffres noirs dont le mystère attire,
Doux yeux couleur de mer, océans de mensonges,
Beaux yeux roux, semés d'or, au glorieux empire,

Doux yeux rêveurs, jetant parfois des éclairs tristes,
Beaux yeux étincelants, où rit tant de lumière,
Grands yeux tendres, pareils aux tendres améthystes,
Chers yeux, las, alanguis, mi-clos sous leur paupière,

Larges yeux rappelant les opales mystiques...
Féminin éternel, j'aime tes yeux sans nombre,
Et je dédaigne, épris des astres magnifiques,
Les pièges ténébreux que tu dresses dans l'ombre !

LITANIES

O femmes, douceur de la terre,
   Ce qui console encor le mieux
L'âme triste et la désaltère,
Ce sont les clartés de vos yeux.

On va vers l'art, vers la nature,
Vers tout ce qui donne un baiser,
Cette soif de lumière pure,
Vous savez seules l'apaiser.

Vainement l'on s'en veut défendre,
Chercher au delà des amours :
La musique encor la plus tendre,
C'est en vos voix qu'elle est toujours ;

Et c'est encore à vos mensonges,
Murmurés en des mots charmants,
Que s'endorment le mieux nos songes,
Nos souffrances et nos tourments.

LA CHANSON DES LÈVRES

LÈVRES, ô mères du baiser,
　　Qui savez parfois apaiser
　　　　Les soifs de l'âme,
Lèvres exquises de l'enfant,
Lèvres de l'amour triomphant,
　　　　Lèvres de femme;

O lèvres, qui buvez nos pleurs,
Lèvres plus tendres que des fleurs,
　　　　Fleur rouge ou rose,
Fleur que rougit la passion,
Fleur pâle où l'adoration
　　　　Pleure et se pose;

Fleur dont l'abeille du désir
Suce et boit, mordille à plaisir
　　　　L'aimant calice,
Et dont les frissons, la pudeur,
Où vient s'affoler cette ardeur,
　　　　Sont un délice;

Fleur frémissante de la chair
Où tout l'être qui nous est cher
    Palpite et tremble,
Coupe ardente où boivent les cœurs,
Et dans d'ineffables langueurs
    Meurent ensemble;

Coupe d'où s'écoule le vin
Parfumé, mystique, et divin
    De ces caresses,
Qui font pâles les adorés,
Les beaux amants transfigurés
    Par leurs tendresses;

Fruit charnel, dont le suc puissant
Brûle, dévore notre sang,
    Et nous enivre,
Fruit délectable que l'on mord,
De l'arbre de vie et de mort
    Fruit qui fait vivre;

Fruit qu'on se jette en souriant,
Le regard humide et brillant,
    Pour se répondre,
Pulpe tendre, fruit savoureux,
Qui dans le cœur des amoureux
    Paraît se fondre;

Arc vivant du terrible archer,
Que l'âme ne peut approcher

Sans des blessures,
Si douces, qu'en dût-on mourir,
On préfère ne pas guérir
  De leurs morsures;

Arc dont la courbe est sans défaut,
Arc redoutable et dont il faut
  Parfois qu'on meure,
Tout petit arc au fin contour,
D'où peut naître un si grand amour
  Qui saigne et pleure;

Lèvres d'où jaillissent les chants,
Ardents, passionnés, touchants,
  Et le beau rire,
Lèvres au son d'argent ou d'or,
Et plus musicales encor
  Que n'est la lyre;

Sources des chansons ou des voix,
Qui gazouillez, ainsi qu'aux bois
  Les nids de mousses,
Lèvres aux longs babils charmants,
Lèvres d'enfants, lèvres d'amants,
  Toutes si douces,

Lèvres, symboles des amours,
L'une auprès de l'autre toujours,
  Comme des rimes,

Belles rimes, je vous bénis,
Et dans mon cœur je vous unis
   Aux yeux sublimes ;

Je vous bénis pour les douleurs,
Pour la joie ardente ou les pleurs,
   Les chaudes fièvres,
Pour mes extases d'autrefois
Et les baisers que je vous dois,
   O chères lèvres !

CHANSON DU VENT

Vent fou qui voles où tu veux,
De fleur en fleur, de femme en femme,
Vent qui caresses les cheveux,
Vent libre, je voudrais ton âme.

Vent qui murmures dans les bois,
Comme un chœur à bouche fermée,
Certains soirs je voudrais ta voix,
Pour parler à ma bien-aimée;

Et vent qui soulèves les mers,
Qui hurles le long des rivages,
Je voudrais dans mes jours amers
Parfois aussi tes cris sauvages,

Pour y jeter tous mes sanglots,
Toutes mes colères, mes haines,
Et pour fouetter comme des flots
L'océan de la foule humaine!

BERCEUSE CRUELLE

Mon enfant au regard candide
Comme une eau dormante est perfide :
Ainsi que d'un jeune animal,
Sa caresse parfois fait mal.

Un parfum étrange est en elle,
De fleur attirante et mortelle :
Mon enfant, quand elle tuera,
Adorablement sourira.

Le bourreau d'une cour d'Asie
Aurait aimé sa fantaisie :
Mon enfant, comme Salomé,
Cruelle et douce l'eût charmé.

Mon enfant est inconsciente,
Comme l'animal ou la plante :
Et par elle j'appris comment
L'on peut tant haïr en aimant !

TUBÉREUSE

J'ADORE ces parfums des pays inconnus,
　Où je crois respirer l'inconnu de ton âme ;
Et j'adore ces fleurs, dont les blancheurs de femme
Me rappellent tes chairs de fleur et tes bras nus.

Dans ta beauté rêvant comme rêvent les plantes,
Enfant, dont m'ont charmé les étranges pâleurs,
N'es-tu pas en effet bien pareille à ces fleurs,
Roses pâles, jasmins, tubéreuses troublantes ?

PIÉTÉ

J'AI parfois des pleurs dans les yeux,
   Quand je t'adore et te contemple;
J'ai des frissons religieux
Près de toi, comme au seuil d'un temple,

Tant est sereine ta beauté,
O splendide et froide statue,
Et certains soirs à ton côté,
Je sens ce vertige qui tue.

Combien donc tu dois mépriser,
Marbre divin que rien ne touche,
Le fol outrage d'un baiser,
Troublant les lignes de ta bouche !

AIR TSIGANE

Pour me guérir d'un ancien songe,
O Tsiganes, jouez un air,
Sombre et large, où se noie et plonge
Mon âme, comme dans la mer !

Faites vibrer, comme une corde,
Mon âme triste, à la briser ;
Je veux une chanson qui morde
Avec la douceur d'un baiser ;

Qui me rappelle ses paroles,
Et les caresses de sa voix,
Et m'arrache des larmes folles,
Comme nos serments d'autrefois !

LA VOIE LACTÉE

(LÉGENDE HONGROISE)

UNE nuit, Attila, le cavalier de Dieu,
  Avait laissé surprendre et cerner ses armées :
Le serrant, l'étouffant dans un cercle de feu,
Autour de lui grondaient les forêts enflammées.

Les ennemis vainqueurs choquaient leurs boucliers;
La terre au loin tonnait du lourd fracas des armes.
Attila regardait périr ses cavaliers,
Et ses grands yeux brûlants se rougissaient de larmes.

Ses femmes se roulaient devant son cheval noir,
Et cachaient dans leurs mains leur tête échevelée,
Et le vieux chef, voyant qu'il n'était plus d'espoir,
S'allait, pour bien mourir, jeter dans la mêlée;

Quand tout à coup, dans l'air, une voix lui parla,
Et cette voix criait : « Relève ton courage;
Fais cabrer ton cheval, je veille et je suis là;
Ne vois-tu pas qu'en haut il te reste un passage? »

7

— Hourrah! au grand galop, par les immensités,
Son cheval a bondi, secouant sa crinière,
Et les mourants, les morts, soudain ressuscités,
Ardents, le glaive en main, montent dans la lumière :

Ils vont par l'infini faire des cieux nouveaux,
Et balayer le mal, comme ils ont fait sur terre,
Et briser, et fouler aux pieds de leurs chevaux
Les étoiles, que Dieu frappe de sa colère;

Et la nuit leur armée apparaît à nos yeux,
Errant toujours parmi les steppes éternelles,
Car ce sont leurs chevaux qui remplissent les cieux
De feux pâles, avec l'éclat de leurs prunelles.

MUSIQUE HONGROISE

Enlace tes bras autour de mon cou...
  Comme un chant tsigane, un chant un peu fou,
Qui pleure et sourit, qui sourit et pleure,
Ton désir vingt fois change dans une heure.

Inconstant toujours le ciel de tes yeux,
Sombre par moments, soudain est joyeux,
Comme un chant tsigane avec des paroles,
Qui, tristes d'abord, tout à coup sont folles.

... Comme un chant tsigane, aussi tour à tour
Je suis ivre et souffre et me meurs d'amour,
Et comprends-tu donc qu'elle t'appartienne,
Mon âme, si bien la sœur de la tienne !

LA STEPPE HONGROISE

LE printemps rit et l'air est doux ;
Plus vite encore élançons-nous
Au galop de nos coursiers fous,
Dont frissonne au vent la crinière,
Hourrah ! hourrah ! dans la lumière !

Dans le vent et dans la clarté,
Seuls à travers l'illimité,
S'aimer et fuir en liberté,
Joie ardente, ivresse profonde,
Et vive l'Amour, roi du monde !...

Au bruit de nos chevaux ailés,
Des oiseaux se sont envolés...
Eh ! restez donc, les affolés !
Pourquoi vous jeter dans l'espace ?
C'est un couple d'amants qui passe.

Amoureux lui-même, le vent,
L'entends-tu courir en avant?
Le vois-tu partout soulevant,
Pour entr'ouvrir leurs lèvres closes,
Le visage endormi des roses?

— Mais qui s'approche par ici?
Des tsiganes qui, sans souci,
Jouent la marche de Ragoczi...
Le violon soupire et pleure,
Et nous restons là toute une heure...

Au feu de l'enfer ces chansons!
Comme un oiseau dans les buissons,
J'étais heureux : ces échansons,
Avec le vin de leur musique,
M'ont rendu tout mélancolique!

Pourquoi mon cœur est-il si lourd?
Est-ce de tristesse ou d'amour?
Allons! j'en ai pour plus d'un jour
Avec la poitrine oppressée
Et de l'ombre dans la pensée!

Ces diables de bohémiens
Ont mêlé leurs rêves aux miens,
Et m'ont parlé des temps anciens;
Et comme des lèvres de femme,
Leurs violons m'ont mordu l'âme!...

Nous tenons nos deux fronts baissés :
Quelle flèche nous a blessés?
L'amour n'est-il donc pas assez,
Cœur insensé, pris de démence,
Pour apaiser ta soif immense?

Et rien donc, steppes ni forêts,
Le ciel, la mer, tous les secrets
Qu'aux livres saints tu chercherais,
Ne sait distraire la folie
De ta grande mélancolie!

DALILA

Par l'appel de vos yeux et de vos voix charmées,
Que d'âmes de héros, tombés à vos genoux,
Femmes, auront péri pour vous avoir aimées;
Que de peuples sont morts, dégénérés par vous!...

C'est pourquoi je te hais autant que je t'adore,
Beau démon au corps blanc comme la chair des lys,
Et pourquoi dans tes bras je me souviens encore
Des malédictions qui te frappaient jadis !

Quelle est donc par moments ta fatale puissance,
Qui rend vil à jamais et dompte le plus fort,
Et comment, femme à qui nous devons la naissance,
Toi qui donnes la vie, es-tu pleine de mort?...

Comme tu restes bien la fille de ta mère,
De la Nature, impure et chaste tour à tour,
Qui sourit et nous baise, et soudain est amère,
Chez qui tant de néant se mêle à tant d'amour;

Qui trop souvent aussi sait enlacer notre âme,
Bête cruelle et fausse en de mortels baisers !..
Homme, ô Samson, vaincu par elle et par la femme,
Quand tous tes vieux liens seront-ils donc brisés ?

OMPHALE

Hercule, le héros, morne, silencieux,
  Se tenait accroupi devant le lit d'Omphale,
Qui, demi-nue, ouvrait nonchalamment les yeux,
Pour jouir des blancheurs de sa chair triomphale.

A travers les rideaux teints de pourpre, au dehors,
On voyait flamboyer une ardente lumière,
Et de roses clartés pleuvaient sur ce beau corps,
Qui semblait insensible et plus froid que la pierre.

Le héros à ses pieds tressaillit tout à coup,
Il se dressa robuste et puissant comme un chêne,
Le sang faisait gonfler les veines de son cou,
Et, pareil au lion qui briserait sa chaîne,

Terrible, en contemplant Omphale, il dit : « Je pars. »
Et, tandis que, levant sa tête vers Hercule,
Et du doigt écartant ses longs cheveux épars,
La reine sur son lit souriait incrédule,

« Oh! qu'as-tu fait de moi? dit-il en rugissant;
Autrefois, j'étouffais le lion de Némée;
Aujourd'hui, je ne sais, stupide et languissant,
Qu'adorer tout le jour ta chair accoutumée.

Lâche, je reste là, sans souci du devoir.
J'ai honte, et je m'en vais, car ma gloire m'importe.
Toi, tout ce que voulait ton orgueil, c'était voir
Hercule, comme un chien, couché devant ta porte!

Et c'est donc pour cela que j'aurais combattu?
Et je n'aurais ainsi conquis toute ma gloire,
Que pour finir ma vie oubliant la vertu,
Et tenir hébété ta quenouille d'ivoire?

Donc je te quitte et pars au loin, me voilà fort!
Au loin je vais souffrir, mais aussi je vais vivre;
Et s'il me faut plier sous les grands coups du sort,
J'appellerai la Mort pour qu'elle me délivre! »...

Mais Hercule revint à ses lâches amours :
Comme il s'était longtemps trop courbé sous la Femme,
Il eut ce châtiment de l'adorer toujours,
Et dut sur un bûcher purifier son âme.

EN PASSANT

PAR UN CHAMP DE FOIRE

Au fond d'une cage en plein vent,
Où manquait l'espace à ses ailes,
On voyait un aigle vivant,
Qui tenait closes ses prunelles.

Au-dessous de lui murmuraient,
Roucoulaient, agitaient leurs têtes,
Deux colombes qui s'adoraient,
Selon l'usage de ces bêtes :

— Et par instants l'oiseau royal,
Entr'ouvrant ses beaux yeux moroses,
Regardait le couple banal,
Qui se contentait de ces choses !

SALOMÉ

I

SALOMÉ, la danseuse, est pâle de désir;
  Elle, le beau serpent d'amour, la fleur sauvage,
La veille, elle entendit lui cracher un outrage
Cet ascète, qui hait la chair et le plaisir.

Or, elle apprend qu'Hérode enfin l'a fait saisir;
Dans la nuit de ses yeux rit un éclair d'orage :
En hâte elle se pare, et farde son visage,
Et se rend au palais où le saint va venir.

Saint Jean est amené dans la salle de fête;
L'extase de la mort illumine sa tête;
Le bourreau près du trône est allé se placer;

Et, demi-nue, aux sons des tambours et des harpes,
Voluptueusement entr'ouvrant ses écharpes,
La couleuvre se lève et commence à danser.

II

La Bête triomphante a cru vaincre l'Esprit,
Le sang du Précurseur a jailli sous l'épée ;
Et, sinueuse, autour de la tête coupée,
Lente, Salomé danse et froidement sourit.

Le sang teinte ses pieds d'ivoire et les fleurit...
A l'aube, elle reçut la tête enveloppée,
Et sortit du palais, soudain préoccupée
Par les grands yeux du mort dont la paix la surprit.

Depuis lors, sa chair lasse et jamais assouvie
Fut prise d'un dégoût étrange de sa vie,
Et son âme étouffait de rêves inconnus ;

Et toujours, et toujours, elle voyait la tête,
Et, pleins de paix, ces yeux, ces grands yeux de l'ascète,
Qui jadis dédaigna les fleurs de ses seins nus.

VÉNUS VICTRIX

Femina, dulce malum.

LA femme aux faibles mains dompte le cœur des hommes ;
  Elle courbe à ses pieds les plus fiers d'entre nous,
Et son dédain sourit de ce peu que nous sommes,
En nous voyant ainsi ramper à ses genoux.

Samson, vaincu par elle, est tondu de sa force,
Et reste ivre des yeux qui furent ses bourreaux ;
D'autres fois sa beauté, toujours servant d'amorce,
Ou l'appel de sa voix font surgir les héros.

Nous la chérissons mieux, alors qu'elle nous blesse ;
Du mal de l'aimer trop plus d'un a su mourir ;
La domination de sa chère faiblesse
Est sûre d'autant plus qu'elle fait plus souffrir.

Ayant la cruauté d'une force immortelle,
Elle en garde la paix dans ses yeux incléments ;
Inconsciente ainsi, la mer se trouble-t-elle
Du râle des marins, qui furent ses amants ?

Qu'es-tu donc, ô Vénus, sublime meurtrière?
Quel mystère est caché dans le rythme des corps,
Pour qu'un effroi sacré se mêle à la prière
Que vers toi font monter les sages et les forts?

Tour à tour inspirant les vertus et les crimes,
N'ayant que les instincts obscurs de l'animal,
Les anciens te disaient fille de ces abîmes
Où le bien vague encor reste indistinct du mal.

Aussi voit-on déchoir les races qui t'honorent,
Péril des purs, tourment des chastes et des saints;
Et des âmes périr que les désirs dévorent,
Devant le marbre auguste et glacé de tes seins!

LEDA

Au cygne frissonnant qui la vient embraser
  Elle offre son beau corps robuste sans comprendre :
Des Immortels naîtront de ce muet baiser,
Et la forme d'Hélène en ce flanc va descendre.

Et par l'étrange éclat des soirs mystérieux
C'est ainsi que toujours la stupide Matière,
Et la femme ignorante ont procréé les Dieux,
Sans deviner d'où leur venait tant de lumière !

AU MUSÉE DU LOUVRE

Femmes des temps passés, blondes, brunes, ou rousses,
Qui souriez dans l'or de votre cadre ancien,
Femmes de Luini, si fines et si douces,
Radieuses beautés peintes par le Titien,

Qui ne vieillissez pas, qui restez éternelles,
Qui ne nous mentez pas, quand nous venons à vous,
Et qui ne nous parlez qu'en laissant vos prunelles,
Immobiles, fleurir si tendrement pour nous,

Vous seules auriez droit de les rendre inquiètes
Celles qui voient leur chair se faner en un jour,
Et ne peuvent rester vierges, comme vous l'êtes,
Du flétrissant baiser qu'apporte notre amour.

C'est pourquoi si souvent, formes impérissables,
Triste après tant d'amours de leur fragilité,
Je viens goûter devant vos yeux intarissables
Le charme pénétrant de leur sérénité.

8

APRÈS LE BAL

Vous dont les regards purs, éclatants de lumière,
    Riaient comme une eau bleue aux rayons du matin,
Vous qui glissiez joyeuse en robe de satin,
Blonde, longue, élancée, et si svelte et si fière ;

Vous qui brilliez, pareille à l'aube printanière,
Et qui me rappeliez le fin profil lointain,
Et le pâle et lucide albâtre florentin
Des vierges de Fiesole en leur candeur première ;

Vous qui m'illuminiez de l'azur de vos yeux,
Et musicale, avec des mots délicieux,
Rajeunissiez mon âme et lui rendiez ses fièvres,

O lueur dans ma nuit, vous ne saurez jamais
Que tout un soir j'ai bu le souffle de vos lèvres,
Et que j'en étais ivre et que je vous aimais !

LES CARESSES DE LA MUSIQUE

MONOTONE, triste et charmant,
Il est un vieil air de la Perse,
Qui t'enveloppe doucement,
T'alanguit, t'adore et te berce,

Et te raconte, ô mon amour,
Mon ancienne mélancolie,
Avant que ta tendresse un jour
Ne m'eût guéri de ma folie.

Les yeux ne parlent pas assez,
La bouche aussi ne peut tout dire :
Par ces chansons des temps passés,
Je cause avec toi, je soupire ;

Et la musique sait bien mieux
Que je ne le saurais moi-même,
Dans un baiser délicieux
Te verser tout mon cœur qui t'aime !

RÊVE D'UNE NUIT D'ÉTÉ

LA nuit d'hier était pâle comme une femme ;
  Les étoiles brillaient comme des yeux aimants,
Et leurs yeux enflammés incendiaient mon âme ;
La lune me couvrait de ses enchantements.

La vallée était claire, immense, pacifique ;
Un vent soufflait, pareil au vent de mes désirs,
Et je croyais errer dans un jardin magique,
Où les arbres tremblaient et jetaient des soupirs.

La nuit te ressemblait hier, ma bien-aimée ;
Ce ciel, c'était mon rêve illuminé par toi ;
Toutes ces fleurs, avec leur âme parfumée,
Me semblaient tes baisers qui se tendaient vers moi.

Amour, amour, amour, oh ! par quelle magie
Nous fais-tu donc parfois vivre de ces moments,
Où jaillissent soudain de notre âme élargie,
Avec tant de désirs, tant de rayonnements ;

Où mon cœur semble battre avec le cœur du monde,
Et, comme lui, vibrer et palpiter si fort,
Qu'exalté par la vie intense qui l'inonde,
Ivre d'un si grand rêve, il ne craint plus la mort;

Où, néant traversé d'une clarté divine,
Je sens que la chaleur de tous ces cieux d'été
Est cette même ardeur qui brûle en ma poitrine,
Et me donne l'orgueil d'un songe illimité,

D'un songe où ta beauté trône comme une reine,
Chassant toute ombre en moi de son éclat vainqueur,
Ta beauté calme, heureuse, adorable, sereine,
O pâle bien-aimée, ô lune de mon cœur?

LA BÉNÉDICTION

DU MARIAGE PERSAN

Soyez grands, soyez forts, soyez victorieux;
    Soyez aimants, marchez des flammes dans les yeux.
Soleil, Dieu des clartés, Dieu bon qui les pénètres,
Verse-leur ton amour brûlant pour tous les êtres.
Comme le Ciel bénit la Terre nuit et jour,
Homme, sur cette femme épanche ton amour;
O femme, quand sa main entr'ouvrira tes voiles,
Qu'il trouve en toi la paix sereine des étoiles.
La vie est un tragique et sublime combat :
Affrontez-la d'un cœur vaillant, que rien n'abat.
Soyez purs de pensée et purs en vos paroles;
Pour que vos actions ne soient vaines ni folles,
Craignez déjà les yeux futurs de vos enfants.
A travers la douleur avancez triomphants;
Imitez les héros de l'époque première,
Luttez pour la justice et la sainte lumière.
Chassez partout le mal, semez partout le bien.
Resserrez toujours plus l'infrangible lien,

Dont j'unis à jamais vos deux cœurs dans la vie.
Chaque soir, admirez l'assemblée infinie
Des astres, et songez, en les voyant si beaux,
Qu'il vous faut être ainsi d'étincelants flambeaux :
Au nom d'Ormuz, je vous bénis, vivez prospères,
Et gardez purs la gloire et le sang de vos pères.

Ὁ ΒΑΣΙΛΕΥΣ ἜΡΩΣ

Voix adorable au son d'argent qui nous abuses,
Douceur, blancheur des chairs, frissons des cheveux fins,
Beautés, charmes, attraits, vous n'êtes que les ruses
Dont se sert le Tyran pour atteindre à ses fins !...

Despotique et jaloux, il condamne aux supplices
L'enfant chaste qui lutte avec sa volonté,
Et, l'affolant d'un vin plein d'amères délices,
Verse en elle l'ennui de sa virginité.

Des amants exaltés de visions sublimes,
Ainsi que par leur chef l'étaient les Haschischins,
Sinistrement par lui sont poussés à des crimes,
Exécuteurs naïfs de ses secrets desseins !

L'immortelle Beauté lui sert d'entremetteuse,
La Reine triomphale au front impérieux,
Et qui cache souvent sous leur splendeur menteuse
Plus d'un rêve sanglant dans la paix de ses yeux.

Tranquille instigateur des immenses luxures
Qu'étalaient au soleil les vieux Césars romains,
Ou des lubricités, de ces hontes obscures,
Qu'offre la femme errante au détour des chemins,

Quel but poursuit-il donc en infligeant à l'âme
L'atroce volupté de plaisirs infamants,
Ce Maître, corrupteur de l'homme et de la femme,
Qui mène et fouette ainsi le troupeau des amants?

Complice et serviteur du Destin implacable,
Du Dieu vague, effrayant, qui règle notre sort,
L'Amour n'a d'autre but que de peupler l'étable,
Qu'impitoyablement vide sans fin la Mort;

Et, pour qu'en l'infini demeurent éternelles
L'horreur et les splendeurs de l'antique néant,
De toujours remplacer par des races nouvelles
Celles que la Mort jette en son gouffre béant!

... Ètres, surgissez donc pour ce drame terrible,
Où l'Amour et la Mort vous poussent tour à tour!
Ètres, apparaissez, sortez de l'invisible,
Ouvrez vos yeux une heure à la clarté du jour!

Vivez, souffrez, aimez, inconscients des causes
Qui vous font vous étreindre, ô couples des amants;
Mortels, éternisez l'illusion des choses!
O lèvres des mortels, échangez vos serments!

A travers les grands bois qu'endorment les nuits molles,
Sous l'incantation de la lune d'été,
Pâles, extasiés, sans souffle, sans paroles,
Perdez-vous, éblouis, dans ce rêve enchanté !

Une heure enivrez-vous des splendeurs d'un tel songe ;
De vos yeux fugitifs, si peu de temps ouverts,
Un moment contemplez le radieux mensonge,
Partagez le désir qui trouble l'univers !

Et, sous l'infini morne et les sombres abîmes
Où plongent sans effroi vos yeux passionnés,
Pour l'ivresse du moins qu'il verse à ses victimes,
Pardonnez au Destin qui vous a condamnés !

CHANTS PANTHÉISTES

HYMNE AU SOLEIL

O SOLEIL! le premier et le dernier des Dieux,
Qui tiens sous ton amour la Terre frémissante,
Vêtu de pourpre et d'or, roi toujours radieux,
O Soleil! je te chante.

Ancêtre des humains, père, je te bénis,
Sur tes enfants toujours ta gloire se déploie,
Et tes fils les plus vieux se sentent rajeunis,
Quand se répand ta joie.

Le temps ne peut ternir la splendeur de ton front,
Tous les Dieux sont tombés, mais toi seul tu demeures,
Et les rochers, les mers, les forêts passeront,
Père, avant que tu meures.

Comme l'amante heureuse en les bras de l'amant,
La Terre te contemple et tressaille féconde,
Et c'est par tes baisers et ton rayonnement
Que tout naît dans le monde.

C'est par toi qu'ont fleuri les mornes océans,
Que les palmiers un jour ont germé sur les îles,
Et par toi que sont nés, dans la suite des ans,
    Les beaux chênes tranquilles;

C'est à ton clair appel qu'ont paru les troupeaux
Dans le royaume vert des feuilles et des herbes,
Et que l'homme a soudain parmi les animaux
    Ouvert ses yeux superbes.

C'est de toi que tout vient, la forme et la couleur,
Et le soir déroulant le calme de ses lignes,
Le regard de la femme, et l'âme de la fleur,
    Et la blancheur des cygnes.

Tu reproduis sans fin l'éclat des renouveaux,
Et dans les arbres morts fais remonter la sève,
C'est toi qui fais aussi germer dans nos cerveaux
    La pensée et le rêve;

Et tes chaleurs sans fin, réveillant les désirs,
Appellent vers l'amour les hommes et les bêtes,
Et tes enfants ainsi partagent tes plaisirs,
    Tes ardeurs et tes fêtes.

O Soleil! je t'implore, ô père, écoute-moi,
Fais couler à longs flots ta clarté dans mon âme,
Afin que je sois fort, lumineux comme toi,
    Et pur comme ta flamme!

O Soleil! créateur des esprits et des corps,
Père de la musique, auteur de la lumière,
Enseigne-moi le rythme et les divins accords
     Qui font l'âme plus fière,

Et donne-moi ta joie et tes larges amours,
Inonde tout mon cœur de ta force infinie,
Puis, mort, fais-moi revivre en de calmes séjours
     Où règne l'harmonie.

MÉTEMPSYCOSE

Une nuit, mon âme a quitté son corps :
   Oh! la nuit d'avril, oh! la nuit vibrante,
Pleine de frissons, de bruits et d'accords!
Une nuit d'avril, je me suis fait plante.

Dans les profondeurs du sol maternel
J'ai plongé si loin toutes mes racines,
J'ai senti passer l'amour éternel
Aux muets baisers des plantes voisines.

— Mon cœur s'est ouvert et s'est répandu
Une heure, un instant, à travers les mondes,
Une heure, un instant, je me suis perdu,
O vie infinie, au sein de tes ondes!

RÊVERIE PANTHÉISTE

SONGE d'un soir d'été, de caresse infinie :
— Se perdre dans ce large océan de la vie,
Y laisser s'abîmer son être, et ne sentir
Que la vague douceur de s'y fondre, et mourir!...
Ou rêver que l'on est fleur, plante, oiseau qui vole!...
Ou le vent, ce lourd vent qui passe, et, pour parole,
Qu'on a son chant qui berce et son baiser qui fuit!..
Être cette forêt qui, pâle sous la nuit,
Frissonne par ce souffle immense caressée!...
Être l'arbre ignorant le mal de la pensée;
Ou ce grand ciel laiteux, d'où s'épanche en clarté
L'innombrable baiser des étoiles d'été!...
Être la mer qui bout toujours, crée et fermente!...
Devenir toute chose où tremble une âme aimante,
De l'herbe qui palpite à l'étoile de feu!...
Sentir en soi s'ouvrir l'âme vague d'un Dieu!

SICUT DEI

VA toujours au plus grand, au plus noble, au plus beau,
        Que tes pensers sublimes,
Jusqu'à l'heure où ton corps ira dans le tombeau,
        N'habitent que les cimes !

Fais mépris de ta chair, et le jour où la mort
        Menacera ta tête,
Demeure sans pâlir ; prends plaisir, étant fort,
        Au bruit de la tempête.

Abreuve-toi d'éther, et l'esprit rajeuni,
        Ouvre ardemment tes ailes :
Sois libre, et dans ton âme appelle l'infini
        Des forces éternelles,

Le vent de l'infini, les brises de l'été,
        Et les chaleurs fécondes
De l'amour, qui remplit d'azur l'immensité,
        Et qui porte les mondes !

Et sois poète alors, fais couler tout ton cœur
      En des flots d'harmonie,
Et comme un feu puissant, comme un torrent vainqueur,
      Épanche ton génie !

Pour garder l'idéal et garder tes amours
      En ton âme obstinée,
Ne crains pas les douleurs, la lutte tous les jours
      Contre la destinée.

Souviens-toi des héros, et mets devant tes yeux
      Leur noblesse première ;
A force de grandeur, fais-toi semblable aux Dieux,
      Qu'inonde la lumière ;

Et vis toujours ainsi, calme, dans les hauteurs,
      L'âme sereine et pure,
T'enivrant des clartés, des chants et des senteurs
      De l'immense nature !

SACOUNTALA

SACOUNTALA fait boire et ranime ses fleurs;
Tendrement elle parle à ces sœurs bien aimées,
Dont le soleil avec ses lèvres enflammées
Dévora tout le jour les fragiles couleurs.

Leurs calices mouillés semblent des yeux en pleurs;
Et Sacountala songe à des nuits parfumées,
Où des baisers, brûlant ses paupières fermées,
Lui préparaient aussi de mortelles douleurs :

Car le roi Doushmanta ne revient pas vers elle;
Et triste, elle fait signe à sa sœur, la gazelle,
Qui s'approche et vient prendre un peu d'herbe en sa main.

Tous ces êtres du moins lui sont restés fidèles,
Et fraternellement des oiseaux d'un coup d'ailes
Frôlent son beau visage aux pâleurs de jasmin.

LA CRÉATION DU MAHABHARATA

Se voulant incarner, Vishnou s'est fait poète ;
Et Vishnou lentement reforme dans sa tête
Les rêves qui passaient, alors qu'il était Dieu,
Calmes, resplendissants, au fond de son œil bleu.

Il refait ici-bas ses rêves pleins d'étoiles ;
Et comme une danseuse aimante dont les voiles
S'entr'ouvrent, pour laisser son corps s'épanouir,
La Terre chaque jour se plaît à l'éblouir.

Alors Vishnou, le cœur inondé de clémence,
Vishnou plein de pitié crée un poème immense,
Large comme les cieux, profond comme la mer,
Où plus rien n'apparaît de triste ni d'amer,

Où tout est chants, clartés, rayonnements sublimes,
Où la lumière heureuse envahit les abîmes,
Où le dernier repos des êtres est l'amour,
Où toute ombre se perd enfin au sein du jour !

Et son poème ainsi coule comme un grand fleuve
Bienfaisant, une eau pure, où le juste s'abreuve,
Et laissant luire au loin l'éclat de nouveaux temps,
Vishnou rend l'espérance aux sages mécontents.

JOUISSANCES DU POÈTE

DIVIN Créateur, tirer comme toi
   Du chaos informe une symphonie,
Où tout soit réglé selon l'harmonie,
Selon l'accord pur, le rythme et la loi ;

Faire ivre jaillir hors de sa poitrine,
Comme toi, la lune aux rayons lactés,
Des vers remplissant l'âme de clartés,
O joie infinie, extase divine !

VIE DIVINE

AIME, ainsi que la mer, la mer dressant ses vagues,
    Comme des seins tendus aux baisers du soleil,
Et de ses cris d'amour, de ses longs soupirs vagues,
Gémissante, emplissant tout l'espace vermeil;

Comme ces larges nuits qui cachent sous leurs voiles
La palpitation d'un cœur illimité,
Aime, et fais de ton cœur un grand ciel plein d'étoiles,
D'où s'épanchent la paix sublime et la clarté!

Désire, aime sans fin, souffre, brûle, aime encore,
De rêves sans limite enivre-toi toujours;
Avant le soir funèbre, abreuve-toi d'aurore,
Ouvre toute ton âme à d'immenses amours.

Alors verse tes chants aux sombres multitudes,
A tous ceux qu'ont rendus stériles les douleurs,
Comme ces vents qui font germer les solitudes,
Et tièdes et féconds épanouir des fleurs.

Aime et vis, comme un Dieu sur terre voudrait vivre,
Penche-toi vers tous ceux que tu verras souffrir,
Et de lumière et d'art, de rêves toujours ivre,
Incendié d'amour, ne crains plus de mourir !

LE POÈME

Je suis le feu, je suis l'air, je suis dans tout...

(*Mystiques persans.*)

LE soleil est ma chair, le soleil est mon cœur,
  Le cœur du ciel, mon cœur saignant qui vous fait vivre,
Le soleil, vase d'or, où fume la liqueur
De mon sang, est la coupe où la terre s'enivre.

Les astres sont mes yeux, mes yeux toujours ouverts,
Toujours dardant sur vous leurs brûlantes prunelles,
Et mes grands yeux aimants versent sur l'univers,
Sur vos amours sans fin, leurs clartés éternelles.

Les vents sont mes soupirs, les vents sont mes baisers,
Je suis le souffle, l'air, et vous êtes la flamme,
Et vous êtes pareils aux charbons embrasés,
Quand, l'été, mes soupirs ont passé sur votre âme.

Les fleurs sont mes désirs, les fleurs de toutes parts
Tendent vers vous leurs longs regards pleins de délices,
Les fleurs sont mes désirs, les fleurs sont mes regards,
Et vous buvez mon rêve au fond de leurs calices.

Je suis l'amour, l'amour, qui soulève les flots,
Et trouble et fait vibrer les océans immenses,
Et la chaleur, par qui les germes sont éclos,
Et le printemps, qui fait fécondes les semences.

Je suis dans tout, je suis la fraîcheur de la nuit,
Et je suis dans l'éther la lune qui vous aime,
Et l'ouragan aussi, l'éclair brûlant qui luit,
Car la création entière est mon poème,

Est un poème étrange où se mêlent des pleurs,
Et dont vous, ô mortels, vous êtes les pensées,
O vous qui partagez ma joie et mes douleurs,
Et l'ennui des éternités déjà passées.

L'AME DIVINE

Lorsque la Mort pour moi lèvera le rideau
Qui cache à l'univers le secret de son maître,
Tout le monde à mes yeux comme une goutte d'eau
Disparaîtra devant l'océan de son être;

Et mon âme éperdue à tes pieds s'abîmant,
Allah, n'aspirera qu'à s'éteindre en ton âme,
Comme l'amante aspire à se perdre en l'amant,
Et le papillon vil à périr dans la flamme.

HcAFIZ

C'ÉTAIT un rossignol fou de toutes les roses;
  Chaque beauté de lune attirait ses désirs;
Son âme incendiée allait vers toutes choses,
En recherchant sans fin d'extatiques plaisirs,

D'extatiques plaisirs, ou des soupirs, des larmes,
D'adorables douleurs dont il voulait mourir;
Car en sa soif d'aimer il trouvait plus de charmes
Aux âpres passions qui font le plus souffrir.

Mais comme il n'avait pu satisfaire son âme,
Et que plus il aimait, plus il brûlait d'amour,
Salamandre, pour vivre à jamais dans la flamme,
A la coupe d'Allah il voulut boire un jour,

A la coupe qu'Allah offre à toute âme aimante,
Pleine du vin mystique, ardent, délicieux,
Par lequel enivré tout l'infini fermente,
Et qui donne l'extase et le vertige aux cieux:

Et nos amours devant l'Océan de la vie
Lui parurent dès lors comme une goutte d'eau,
Et plus rien d'ici-bas ne lui sut faire envie,
Hors le sourire heureux des amants au tombeau.

LES TRESORS D'ALLAH

Un grand fleuve d'or roule en la mer qui s'embrase,
Le soleil en sa pourpre est comme un beau rubis,
Le ciel jaune du soir est comme une topaze :
Des richesses d'Allah les yeux sont éblouis.

Le nocturne collier de tes pâles étoiles,
Oh ! quel trésor, Allah, le saurait égaler !
Et la Mort devra-t-elle un jour nous révéler
Tous ceux qu'en tes harems tu gardes et tu voiles ?

Nous sommes des fourmis rampant aux pieds d'un Roi ;
Que savons-nous de ses richesses entassées ?
Qu'avons-nous entrevu du ciel de tes pensées,
Atomes éperdus, pris de vertige en toi ?

FANTAISIE ORIENTALE

Le ciel couvert d'un manteau riche,
Ardent et fou, vêtu de bleu,
Le ciel tourne comme un derviche,
Tourne sans fin, ivre de Dieu.

Sous son écharpe parfumée,
Belle en l'ivresse de sa chair,
La terre aussi, comme une almée,
Tourne sans fin, tourne dans l'air.

Par un rythme vague bercée
En un long rêve musical,
Danse ainsi, danse, ô ma pensée,
Tourne, tourne d'un pas égal.

L'AMANT D'ALLAH

AINSI qu'un Sultan, qui devant ses yeux
Le soir fait danser de beaux corps sans voiles,
Dieu pour se charmer fait au fond des cieux
Sur des tapis bleus danser les étoiles.

Ainsi qu'un vieux Roi, qui veut par du bruit
Distraire un instant ses pensers moroses,
Dieu dit aux soleils, plongés dans la nuit,
D'aller éveiller l'océan des choses;

Et l'immensité s'éclairant soudain,
Tout frissonne, et chante, et crie, et s'élance,
Et l'instant d'après, d'un signe de main,
Dieu fait tout rentrer au sein du silence.

RÊVERIE ORIENTALE

J'AI longtemps parcouru le harem et la tente,
Et je n'ai pu trouver la Casbah de mon cœur :
Nuls yeux humains n'ont su consoler mon attente,
Nulles lèvres encor n'ont guéri ma langueur.

J'ai trop senti le vide au cœur de toute femme ;
J'ai trop vu le néant des terrestres amours ;
Allah ! Allah ! J'ai soif et veux boire à ton âme,
Torrent de voluptés qui déborde toujours !

Large torrent de vie où s'abreuve le monde,
Qui roules par les cieux une immense clarté,
J'enivrerai mon âme à ta source profonde,
Et fuirai l'univers, qui n'est que vanité !

LE MUEZZIN

MON âme, caillou vil, ne jette quelque feu,
Allah, que si ton âme ardente la pénètre.
Pourquoi l'as-tu créée? Il importe si peu,
O Roi, que nous soyons ou que nous cessions d'être.

Les millions de soleils sont comme des fourmis,
Rampant au pied du trône où brûle ta lumière :
Allah, sultan des cieux, pourquoi m'as-tu permis
D'être aussi devant toi comme un grain de poussière?

Mais sur le minaret des mondes, moi néant,
Je suis le muezzin et la voix qui s'élève,
Et vers les quatre coins du ciel qui va criant :
Allah, Allah, Allah, l'univers est ton rêve.

LES DERVICHES HURLEURS

Les yeux vers la splendeur divine,
Des profondeurs de sa poitrine,
Le vieux derviche, sombre et fou,
Tire son cri sourd : Allah hou !

En courant sur la mer immense,
Le vent hurle, Allah ! ta puissance ;
Le derviche aussi, comme un fou,
Hurle : Allah, Allah, Allah hou !

La mer roule sur le rivage,
La mer bondit, hurle, sauvage ;
Le derviche aussi, comme un fou,
Hurle : Allah, Allah, Allah hou !

A tes pieds, ô Sultan du monde,
La foudre comme un tambour gronde.
Le derviche aussi, comme un fou,
Hurle : Allah, Allah, Allah hou !

Le torrent croule, roule, et passe,
En hurlant ton nom dans l'espace;
Le derviche aussi, comme un fou,
Hurle : Allah, Allah, Allah hou !

En face du désert en flamme,
Le lion hurle et te proclame;
Le derviche aussi, comme un fou,
Hurle : Allah, Allah, Allah hou !

Mais son extase le consume,
Il s'affaisse, il tombe, il écume;
Et, comme un ours branlant son cou,
Hurle à terre encore : Allah hou !

LES RICHESSES DES BRAHMES

LES Brahmes, nul désir ne les sait émouvoir :
Ils sont pauvres toujours des richesses humaines,
Mais, en les approchant, vous pouvez entrevoir
Les fabuleux trésors dont leurs âmes sont pleines.

Ces trésors, c'est le monde entier, ce sont les cieux
Avec leurs diamants, leurs perles, leurs étoiles :
Venez et contemplez l'extase de leurs yeux,
Quand Maïa devant eux apparaît sous ses voiles ;

Et qu'éblouis et fous, ainsi que des Sultans,
Dans leur sérail rempli de femmes aux corps roses,
Ils voient à la clarté d'un éternel printemps,
Dans leur rêve fleurir l'illusion des choses.

DANSE INDIENNE

Les bayadères
Tournent légères
Au bourdonnement du tambour.
Une caresse
Enchanteresse
Rit dans leurs yeux chargés d'amour.

Couvert de soie,
Leur corps ondoie;
On entrevoit sous le satin
Leurs molles hanches,
Jaunes ou blanches,
Comme les clartés du matin.

A leur cheville
S'enroule et brille
Un long serpent aux anneaux d'or,
Qui choqués sonnent,
Tintent, frissonnent,
Quand leur pied tombe ou prend l'essor.

A leur oreille
Est-ce une abeille?
La musique imite le bruit
Tout autour d'elles
D'un fin vol d'ailes,
Qui les irrite et les poursuit.

La plus craintive
Sent que furtive
Sur elle l'abeille a passé;
L'écharpe vole;
Sa danse est folle;
Tout son long corps s'est renversé.

Puis la danseuse,
Soudain rieuse,
S'apaise et cache ses seins blancs.
Tambours et flûte,
Après la lutte,
Soupirent sur des rythmes lents.

Pâle, chacune,
Étoile ou lune,
Tourne alors, tourne doucement:
Leurs yeux en flamme
Attirent l'âme
Et les désirs comme un aimant.

Devant ces femmes
Rêvent des brahmes,
Qui se murmurent d'anciens vers :
Leur esprit pense
A cette danse
Où flotte éperdu l'univers.

LE NÉANT DES APPARENCES

L'océan de l'immensité
   Agite et soulève ses vagues;
Le soleil brille et sa clarté
Y fait luire des formes vagues;

Et sans cesse à l'appel du vent
Des flots montent à la surface;
Puis soudain ce qui fut vivant
S'éteint, s'évanouit, s'efface :

Et le sage tranquillement
Devant ces flots de l'existence,
Sous leur surface qui lui ment
Voit l'abîme de la Substance.

BRAHM

Je suis l'Ancien, je suis le Mâle et la Femelle,
L'Océan d'où tout sort, où tout rentre et se mêle,
Je suis le Dieu sans nom aux visages divers,
Je suis l'Illusion qui trouble l'univers.
Mon âme illimitée est le palais des êtres;
Je suis le grand aïeul qui n'a pas eu d'ancêtres.
Dans mon rêve éternel flottent sans fin les cieux;
Je vois naître en mon sein et mourir tous les Dieux.
C'est mon sang qui coula dans la première aurore;
Les nuits et les matins n'existaient pas encore,
J'étais déjà, planant sur l'Océan obscur.
Je suis tout le passé, le présent, le futur;
Je suis l'âme de tout, la profonde substance
Où tout retourne et tombe, ou tout reprend naissance,
Le grand corps immortel qui contient tous les corps;
Je suis tous les vivants et je suis tous les morts.
Ces mondes infinis, que mon rêve a fait naître,
— Néant, qui prend pour vous l'apparence de l'être, —

Sont, lueur passagère et vision qui fuit,
Les fulgurations dont s'éclaire ma nuit.
... Et si vous demandez pourquoi tous ces mensonges?
Je vous réponds ; mon âme avait besoin de songes,
D'étoiles fleurissant sa morne immensité,
Pour distraire l'horreur de son éternité!

LA GLOIRE DU NÉANT

LA FLEUR DU LOTUS

MÉDITE sur la fleur divine du lotus
     Cette image du monde,
Sur la fleur au cœur blanc, perçant comme Vénus
     La surface de l'onde.

Elle étale sa feuille et son calice pur
     Sur les eaux d'un grand fleuve,
Et s'ouvre tout le jour aux baisers de l'azur,
     Qui de clartés l'abreuve ;

Les étoiles du ciel, et la lune qui luit
     Pâle à travers les palmes,
Répandent sur son cœur, lorsque descend la nuit,
     L'air des régions calmes ;

Et tranquille elle dort sur l'abîme béant,
     Ignorante des causes,
Qui pour l'y replonger, l'avaient prise au néant,
     Où rentrent toutes choses

LE NÉANT DES CHOSES PASSÉES

Oh! que d'univers engloutis
  Dont nul ne connaît les naufrages,
Tous sombrés, tous anéantis
Dans l'abîme effrayant des âges!

Et quelle est la réalité?...
Est-ce la mort? Est-ce la vie?
La vie, et l'immense clarté,
Ou la mort, la nuit infinie?

L'Être, serait-ce le Néant,
Qui dans mon vide se reflète,
Et de pourpre et d'or, en créant,
Attife un moment son squelette?

Dans ce tourbillon éternel
Où sans fin roulent les atomes,
Qu'entrevoyons-nous de réel,
Fantômes, parmi des fantômes?

J'apparais une heure et je fuis,
Rentrant dans l'ombre d'où j'arrive :
Vague étincelle entre deux nuits,
Qu'est l'existence fugitive ?

Des milliards d'êtres sont morts;
Et tous ces défilés des races,
Tous ces esprits et tous ces corps
Nulle part n'ont laissé leurs traces!

Qu'est cet étroit monde vivant,
Auprès des foules entassées
Des morts, sur qui je vais rêvant
Au néant des choses passées!

Tout mon être tremble; j'ai peur
De ce noir abîme où je tombe!
Oh! la nuit sans fond, et l'horreur,
Oh! le puits béant de la tombe!

Le Caire.

LA CARAVANE DU MONDE

SANS mon assentiment, Allah, tu m'as fait naître,
Et je n'ai pas compris pourquoi j'étais venu,
Et pourquoi ta magie avait fait apparaître
Un fantôme de plus en ce monde inconnu.

O mystère éternel de ton âme profonde!
En ton sein infini rien n'est petit ni grand;
Le monde est un atome, et l'atome est un monde;
Notre sort à ton rêve est-il indifférent?

...Et, les yeux étonnés du spectacle des choses,
Parmi leurs visions, chancelant, au hasard,
Je marche, et cherche en vain à deviner les causes
De la halte ici-bas, Allah, et du départ.

LES TÉNÈBRES D'ALLAH

Ma pensée est pareille à la coupe de Djem,
Qui reflétait les cieux et leurs milliers d'étoiles;
Lampe d'or suspendue, Allah, dans ton harem,
J'ai vu bien des douleurs en perçant bien des voiles.

Ton âme est l'océan dont je suis le plongeur :
J'ai les yeux éblouis par tes perles sans nombre;
Mais parfois le vertige a saisi le nageur,
Quand les monstres passaient qui l'effleuraient dans l'ombre.

Atome, illuminé pas un rayon vermeil,
Comment, ô néant vil, ô vil grain de poussière,
Puis-je participer aux secrets du soleil,
Et voir que tant de nuit se mêle à ta lumière?

AU DÉSERT

LA tête d'un vieux cheik saigne en haut d'une lance ;
  Au-dessus du désert plane un vautour qui fuit ;
Et morte aussi, la lune au ciel monte en silence,
Souriant à ce mort oublié dans la nuit.

L'ÉPERVIER D'ALLAH

O mon âme, épervier d'Allah, d'un vol altier
   Viens et monte, et planant sur l'univers entier,
Embrasse d'un regard toutes les créatures,
Les formes d'autrefois et les formes futures,
Toutes ces visions, qui ne durent qu'un jour,
Mais font trembler les cœurs de terreur ou d'amour,
Contemple l'océan des effets et des causes,
Et médite devant ce spectacle des choses.
Comme les flots qu'agite et que pousse le vent,
Vois-tu rouler au loin dans l'infini vivant
Ces générations qui naissent et qui meurent?
Parmi les bruits confus entends-tu ceux qui pleurent?
Les entends-tu monter, les rires, les sanglots,
Pareils à la clameur monotone des flots?
Mortel, as-tu compris que tout n'est qu'apparence,
Et ton orgueil encor garde-t-il l'espérance
De remplir tous les temps futurs de son néant?
... Pourtant plonge sans peur dans le gouffre béant,

Ainsi que l'épervier plongeant dans la tempête :
Car tout ce rêve une heure a passé dans ta tête;
Tu fus la goutte d'eau qui reflète les cieux;
Et l'univers entier est entré dans tes yeux :
... Et bénis donc Allah, qui t'a pendant cette heure
Laissé comme un oiseau traverser sa demeure.

REFLETS DIVERS

Sous le ciel du Nord, le néant
  Est un large gouffre béant,
Dont l'âme humaine se défie;
Mais vêtu d'or, comme les cieux,
C'est en Perse un roi radieux
Que le poète glorifie.

D'après son horizon, miroir
Tour à tour éclatant ou noir,
Notre pensée ainsi reflète
Le néant, glorieux et beau,
Ou hideux, et tel qu'au tombeau
Son apparence de squelette.

LA REINE DE SABA

LA Reine de Saba, bercée
En son hamac d'or par un noir,
Dans le harem de ma pensée
Habite et gouverne ce soir.

Sur sa robe sacerdotale,
Ses grands cheveux lourds sont épars ;
L'immense nuit orientale
Semble rouler dans ses regards.

Les diamants, les pierreries
Des anciens trésors fabuleux,
Parures de ses mains fleuries,
Jettent moins d'éclairs que ses yeux.

Silencieuse elle se lève,
Elle découvre ses seins blancs,
Et, comme plongée en un rêve,
Vers mes désirs vient à pas lents.

Je commande : son haïck tombe ;
Mon âme a l'éblouissement
De ceux qui sortent de la tombe
A l'appel d'Allah, leur amant.

Ses cheveux blonds lui font un voile
D'or et de moire ; et dans les cieux
Alors s'écoule d'une étoile
Un chant d'amour mystérieux.

Elle écoute : tout son corps tremble
Sous la caresse et la langueur
De ce chant de flûte qui semble
Le lointain soupir de mon cœur ;

Et prenant ses voiles de soie,
Dans leur frisson s'enveloppant,
Soudain elle dresse et déploie
Son long corps, comme un beau serpent.

Ses petits pieds et sa démarche
Ont pris un rythme cadencé,
Et comme David devant l'arche,
Pendant une heure elle a dansé !

Et moi sur elle, comme un mage,
Je tenais mes yeux grands ouverts,
Comprenant qu'elle était l'image
De tout ce fantasque univers,

De tout ce monde transitoire
Dont Dieu, pour charmer ses ennuis,
Fait une heure éclater la gloire,
Dans les profondeurs de ses nuits !

ALLAH PARLE AU POÈTE

De votre âme j'ai fait le miroir de mes cieux ;
J'ai fait se refléter l'infini dans vos yeux ;
Poète, qui reçus la parole féconde,
Tu dormais en mon sein, quand j'ai créé le monde ;
Le rythme qui régit ta pensée et tes vers,
Tu l'entendis en moi quand naquit l'univers...
Qu'importe si pour vous l'illusion fut brève :
Dans vos yeux fugitifs j'ai fait flotter mon rêve !
Créatures d'un jour en mon éternité,
Vous tous, qui partagez mon songe illimité,
J'aime et rêve sans fin, sans fin je brûle et j'aime,
Aimez donc, et rêvez, brûlez comme moi-même !...
Chacun de vous peut dire, ô rayons dispersés,
J'étais le Créateur dans les siècles passés !...
Et du grand Tout vivant vous êtes les parcelles ;
De mon ardent foyer, en torrents d'étincelles,
Jaillissez, et brillez une heure, âmes de feu,
Puis rentrez dans mon sein, et redevenez Dieu !
O Poète, comprends le mystère des choses,
Que la vie et la mort sont les métamorphoses

De l'Être qui ne peut commencer ni finir,
Que je suis le Présent, le Passé, l'Avenir,
L'Océan éternel d'où tout astre s'élève,
Que vous et moi nous aurons fait le même rêve !
Poëte, au souvenir de mes créations,
Fais dans ton âme aussi fleurir les visions ;
... Ou sois l'aigle éperdu, qui monte des abîmes ;
Monte d'un grand coup d'aile, atteins les cieux sublimes,
Plane dans l'azur clair, dans l'orage et le vent,
Embrasse l'infini de mon rêve mouvant ;
Regarde fixement mon âme, et sur la terre,
Ébloui, palpitant, les yeux fous de mystère,
Quand tu redescendras, ô Poète inspiré,
Chante mes passions et mon néant sacré ;
Dis-leur ce que tu vis en contemplant mon gouffre ;
Dis-leur que je jouis, brûle, rêve, aime et souffre ;
Chante alors ma lumière, et chante aussi ma nuit,
Mes deux faces, dont l'une est sombre et l'autre luit ;
Révèle ma splendeur et ma misère antiques ;
Mêle l'horrible au beau dans tes hymnes mystiques ;
En ton âme, miroir de mes éternités,
Que l'ombre ainsi se mêle à d'immenses clartés ;
Et sois fier et sois ivre, ô fantôme, ô poussière,
De pouvoir adorer à la vague lumière,
Dont mon gouffre pour toi s'illumine un instant,
L'illusoire splendeur de l'Éternel Néant.

LE NÉANT DE MAHMOUD

·

UNE tête est plantée en haut d'une muraille ;
    Un vieux corbeau se tient près d'elle qui la raille :
— Soleil resplendissant, Mahmoud, où donc es-tu ?
J'ai crevé tes deux yeux ; ton trône est abattu ;
Des mouches ont raison de ta toute-puissance ;
Saurais-tu distinguer ta mort de ta naissance ?
Où sont-ils tes trésors, tes harems, tes palais,
Tout ce peuple à genoux, alors que tu parlais,
Tes cavaliers chargeant, au lourd bruit des timbales,
Qui mêlaient leur tonnerre au sifflement des balles,
Et leurs lances, tremblant comme des champs d'épis ?
Vois cette plaine immense : elle semble un tapis,
Tout fleuri par le sang qu'ont versé tes armées.
Où sont sur les chameaux ces litières fermées,
D'où tombaient des regards beaux comme des éclairs !
Où sont tes étendards déroulés dans les airs ?
Pour ta tête veux-tu l'éventail de mon aile ?
Quand des plumes de paon se balançaient sur elle,

Quand lascives, les seins dressés, les yeux vers toi,
Tes esclaves dansaient, oh! qui songeait à moi,
Et me voyait au loin sortir du désert sombre,
A l'appel de la Mort, qui te guettait dans l'ombre?
Ce soir je volerai sur tes blancs escaliers,
Dans la salle où rôdaient tes lions familiers,
Et mon chant remplira, si dédaigné naguère,
La cour où rugissaient tes éléphants de guerre.
— De nous deux aujourd'hui, quel est donc le plus fort,
Du vieux corbeau vivant ou du grand sultan mort?

A KALI

DÉESSE de la mort, reine des voluptés,
Ame des nuits d'amour, âme des nuits sanglantes,
Déesse au corps livide, aux regards redoutés,
Comme l'âcre poison des serpents ou des plantes ;

Et partout et toujours présente, dans l'horreur
Des combats ou le vol terrible des tempêtes,
Et dans les océans fouettés par ta fureur,
Ou hurlante le soir par la gueule des bêtes ;

O Déesse hideuse, et si douce parfois,
Qui masquant ta laideur, pour mieux tromper les âmes,
Nous attires, fleur tendre ou source dans les bois,
Et qui revêts souvent l'apparence des femmes ;

Déesse ténébreuse, ou splendide, et qui luis
Comme la lune d'or, reine des épouvantes,
O musique, ô parfum et délices des nuits,
Beau serpent enlaceur, aux caresses savantes ;

Déesse aux yeux glacés, tu dédaignes nos pleurs,
Et de ces morts bleuis par tes baisers farouches,
Méprisante, tu fais du fumier pour les fleurs,
Ou d'opulents festins pour les vers et les mouches!

A SIVA

BRAHMA les créa, Vishnou les sauva,
Mais dévorateur, beau comme une femme,
Époux de Kali, dieu fort, ô Siva,
Tu seras le fer, le poison, la flamme !

Les hommes, les dieux te tendront les bras ;
Tu les tueras tous, toi, l'irrésistible ;
Et, seul survivant, tu les couvriras
De ton long regard devenu paisible !

Cent mille Brahmas, cent mille Vishnous
Seront déjà morts, quand au soir du monde
Tu te tiendras seul, du sang aux genoux,
Debout dans le vide et la nuit profonde !

Tu te dresseras, ayant par milliers
Les crânes des dieux pendus à ta taille
Et sur ton corps bleu tombant en colliers,
Et comme un roi noir, après la bataille,

Qui rit, danse et chante au milieu des morts,
Au son d'un tambour, toi, le redoutable,
Sur un rythme lent balançant ton corps,
Tu soupireras un chant ineffable,

Un doux chant d'amour, vague, sans pareil,
Plus doux qu'autrefois le souffle des femmes,
Afin de charmer l'éternel sommeil,
Où seront plongés les corps et les âmes!

LA PASSION DE SIVA

Siva, Dieu de la mort, est beau comme une femme.

(*Poèmes Hindous.*)

SIVA survivra seul un soir à tous les Dieux :
Leurs têtes ce soir-là pareront sa poitrine,
Et la paix du néant souriant dans ses yeux,
Siva se chantera sa passion divine :

« J'étais, aux temps passés, l'âme de l'univers,
J'étais le jour, j'étais la nuit, j'étais l'aurore,
J'étais le printemps clair, les étés, les hivers,
L'immense vie ardente, et l'Amour qui dévore.

Illusoire splendeur, j'habitais mon palais,
Ainsi que l'araignée au centre de ses toiles :
Les âmes tour à tour tombaient dans mes filets,
Et j'ai fait dans mon sein s'éteindre les étoiles.

Oh! les morts, dormez donc et rêvez dans ma nuit,
En attendant qu'un jour je vous fasse renaître,
Si j'ai besoin encor de lumière et de bruit,
Pour de nouveau combler l'abîme de mon être;

Car l'abîme est profond et mon cœur plein d'ennui,
Et seul dans l'infini, debout, sombre, livide,
Je pense qu'autrefois mon sein comme aujourd'hui
Portait le ciel entier et restait toujours vide.

TERREUR DU BEAU

CALME à l'égal des fleurs ou d'un jeune animal,
    Autour de toi tu sais répandre indifférente
La joie ou la douleur, et le bien ou le mal,
Et rien ne t'attendrit et rien ne t'épouvante.

Je rêvais un néant splendide : il est en toi ;
La candeur de tes yeux d'archange est un mensonge ;
Je t'adore pourtant, sans raisonner ma foi,
Lorsque tu m'éblouis de ta beauté de songe.

Je t'adore pourtant, et ne redoute rien,
Te venant contempler, ainsi qu'une statue,
Dont le corps serait froid et beau comme le tien.
Mon âme n'a plus peur qu'un amour ne la tue.

Mais mon esprit encor a soif de la beauté ;
Plus que jamais je sens m'attirer son mystère ;
En vain je la veux fuir : toujours je suis tenté
Par le Sphinx aux yeux durs qui fait saigner la terre.

Je viens donc t'adorer, et ne viens pas t'aimer :
Je veux auprès de toi me sevrer de caresses;
Les choses dès longtemps ont su m'accoutumer
Au froid rayonnement de clartés sans tendresses.

Ouvre-moi largement tes yeux qui me sont chers,
Idole dont la forme est si rare et sublime,
Qu'oubliant la banale étreinte de nos chairs,
Je sens de toi monter un vertige d'abîme.

J'interroge en ton corps d'un rythme sans défauts
Le mystère effrayant de la beauté parfaite,
Et peu m'importe alors que tes regards soient faux,
Quand de telles clartés rayonnent de ta tête.

Image aux traits si purs du mensonge divin,
O forme sans défaut, de lumière vêtue,
Rappelant que la vie, où tout m'apparaît vain,
Pourrait n'être, elle aussi, qu'un songe qui nous tue,

Si tu vois par instants des larmes dans mes yeux,
Ne les crois pas venir de mon âme blessée;
J'ai parfois cette angoisse en contemplant les cieux,
Quand j'y cherche de même un semblant de pensée.

Le secret éternel que recèle le beau,
C'est lui qui me tourmente en eux comme en toi-même;
La beauté m'épouvante à l'égal du tombeau,
Tant j'ai vu de néant sous sa splendeur suprême.

Et c'est pourquoi devant ton corps tranquille et nu,
Devant son rythme pur et son éclat sans voiles,
Je tremble, comme aussi devant tout l'inconnu
Du ciel nocturne avec sa poussière d'étoiles.

FANTOMES

Vous toutes que j'aimai, vous que je crus aimer,
  Vous qu'en voyant passer j'adorais en silence,
Vous dont le regard pur ne savait que charmer,
Ou brûlant, me perçait, ainsi qu'un fer de lance;

Je n'aurai plus bientôt qu'un souvenir confus
De votre clair passage en mes yeux et mon âme;
Vos sourires enfuis, je ne les verrai plus,
Ni vos mortes douceurs que le néant réclame.

Chers fantômes, pour moi qu'aurez-vous donc été?
Pourquoi ce besoin fou de clartés aussi vaines,
Et quand tous mes désirs buvaient votre beauté,
Que cherchaient-ils plus loin que vos lèvres humaines?

Que vouliez-vous, mes grands désirs inapaisés?
Pourquoi du mal d'aimer l'adorable souffrance?
Et ces corps fugitifs, que mordaient mes baisers,
De quel beau plus réel m'étaient-ils l'apparence?

Ne rêve pas ainsi, mon âme : bénis-les,
Ces fantômes légers qu'arrêtaient tes caresses,
Pour avoir su tromper la soif dont tu brûlais,
Et tes espoirs toujours d'apaisantes tendresses.

O visions, à qui je parlais à genoux,
Puisqu'un vide est dans tout, et d'abord en moi-même,
Je pardonne à celui qui se cachait en vous,
Et, des pleurs dans les yeux, me souviens et vous aime !

JEUX D'ATOMES

Avec sa cime d'or splendide un grand nuage
  Croulait dans les flammes du soir,
Et sur les flots au loin les éclairs d'un orage
  Faisaient palpiter le ciel noir.

Je regardais voler ces poussière d'écume
  Que fouette et disperse le vent,
Et le long de la mer s'élever cette brume,
  Et flotter ce brouillard mouvant.

Je foulais en marchant les collines de sable,
  Que l'ouragan crée ou détruit,
Et pensais qu'en ce monde est ainsi périssable
  La couleur, la forme ou le bruit ;

Et tandis que mes yeux contemplaient ces fantômes,
  Revêtant mille aspects divers,
Je méditais sans fin sur tous ces jeux d'atomes,
  Dont est composé l'univers.

Vous pouvez donc répondre à ceux qui vous dédaignent,
     Et vous appellent des songeurs,
Poètes, que ces soirs qui flambent et qui saignent,
     Ces crépuscules, ces rougeurs,

Et cette mer qui hurle et pousse sur la dune
     Son troupeau de flots écumants,
Ces plages, où la nuit erreront sous la lune
     Pâles, éblouis, des amants,

Toute cette magie enfin, et ces cieux mêmes,
     Ces bruits, ces clartés, ces rayons,
Tout n'est rien qu'apparence, et, comme en vos poèmes,
     Qu'un défilé de visions;

Et qu'en nos yeux mortels ce spectacle qui passe
     Et reflète sa vanité,
Est le néant d'un rêve illuminant l'espace,
     Comme un éclair des nuits d'été!

COUCHER DE SOLEIL

En éblouissante trainée
    L'or du couchant tremblait sur l'eau ;
La mer était illuminée ;
Le soir était tranquille et beau.

Le vent suspendait son haleine ;
Sans parler je tenais ta main ;
J'étouffais, la poitrine pleine,
Comme d'un bonheur surhumain.

Seuls devant l'Océan immense
Et le crépuscule vermeil,
Nous écoutâmes le silence,
Qui suit le coucher du soleil.

La nuit s'étendit sur le monde
Avec son calme solennel ;
Et la paix était si profonde
Sur les flots, en nous, dans le ciel !

Alors la rayonnante opale,
La lune sur nos yeux aimants
Du haut de la grande nuit pâle
Répandit ses enchantements,

... Et je pensais : tout n'est qu'un songe,
Ce crépuscule glorieux,
Les cieux où mon rêve se plonge,
Nos amours même sous les cieux.

Mais du moins notre rêverie
Aura pu, comme un beau miroir,
Refléter l'étrange féerie
Des mondes radieux un soir ;

Nous aurons, prenant conscience
De ces visions un moment,
Contemplé la magnificence
Dont se revêt tout ce néant,

Et de nos larges yeux avides
Nous rassasiant de couleurs,
Nous aurons à ces splendeurs vides
Mêlé notre extase et nos pleurs !

LA MORT DU SOLEIL

I had a dream, which was not all a dream.

(Byron.)

LES tsiganes jouaient un air
　Sombre, plaintif et monotone,
Pareil aux clameurs de la mer,
Sous les crépuscules d'automne.

Les violons, comme des flots
De tumultueuses pensées,
Semblaient jeter tous les sanglots
Des générations passées.

Dans cet océan de douleurs
Dans cette mer plaintive et sombre,
Moi-même aussi, versant des pleurs,
J'étais comme un noyé qui sombre :

Et tout au loin à l'horizon,
Par delà les vagues funèbres,
Par delà l'immense prison
Où je sombrais dans les ténèbres,

Le soleil palpitait sanglant,
Et dans une angoisse infinie,
Répandait sur mon cœur tremblant
La pourpre de son agonie.

Dans mes yeux béants l'avenir
Roulait déjà sa nuit profonde,
Et le monde allait donc finir
Avec mes yeux, miroirs du monde !

Le soleil, comme un Christ en croix,
Perdait son sang, perdait son âme,
Et beau pour la dernière fois
S'ensevelissait dans sa flamme.

Et, mes yeux dans ses yeux de feu,
Je mourus : et l'astre splendide,
Hélas ! c'était le dernier Dieu,
Entrant avec moi dans le vide !...

Et les violons sanglotant
Chantèrent les douleurs, les gloires,
Et la chute dans le néant
De ces visions illusoires !

LE NUAGE

Tout naît en toi, tout meurt, tout roule et rentre en toi ;
        Océan éternel aux larges eaux profondes,
O père d'où je sors, Océan, reprends-moi ;
Donne à mon cœur errant le repos dans tes ondes.

Le souffle de la Mort et celui de l'Amour
Agitent le remous des effets et des causes ;
Et de ces flots confus, j'ai dû surgir un jour ;
Rêve, j'ai dû flotter dans le rêve des choses.

Un jour, hors de ton sein obscur, je suis monté ;
Devant moi s'est ouvert l'infini de l'espace,
Et les vents au hasard m'ont poussé, m'ont porté :
Car notre âme est pareille au nuage qui passe.

Le nuage a longtemps erré par l'univers ;
A toute heure changeait sa bizarre fortune ;
Tantôt il traversait l'ouragan des hivers,
Tantôt il se baignait en de grands clairs de lune.

O père, de splendeurs un moment ébloui,
Je bénis ma naissance et je te rendis grâce ;
Quand en toi se perdra mon cœur, las aujourd'hui,
De toutes ces splendeurs où survivra la trace ?

Que reste-t-il aux cieux du nuage mouvant ?
Notre vie éphémère, en sa vague apparence,
Est le jouet aussi des caprices du vent ;
Et rien ne dure, hormis l'impassible Substance.

J'ai connu les hivers, les printemps, les étés ;
J'aspire maintenant au calme dans ton être ;
J'ai vu de longs jours d'or, et d'immenses clartés ;
Cependant, je n'ai peur que de pouvoir renaître.

Père, engloutis-moi donc, sois donc bien mon tombeau ;
Et, si je participe à ta vie éternelle,
Que ce soit sans penser, tel que la goutte d'eau
Que la mer porte et berce inconsciente en elle.

Je ne jouirai plus, mais ne souffrirai pas ;
J'ai ri, pleuré, souffert, j'ai vécu : fais-moi trêve ;
Je veux le vrai néant et l'absolu trépas,
Et le sommeil sans fin, que ne trouble aucun rêve.

O mon âme, éteins-toi, lumière d'un moment !
Ta folle soif d'errer et d'être est assouvie ;
Ne redoute la mort, que si la mort nous ment,
Et nous trompe et nous leurre à l'égal de la vie.

13

Père, anéantis-moi : j'ai vécu ; c'est assez.
Tu ne m'entendras pas pousser des cris funèbres ;
En ton abîme, avec tous les siècles passés,
Fais-moi descendre au plus profond de tes ténèbres !

LE RÊVE DE LA VIE

J'AI vécu, j'ai rêvé : n'aurai-je fait qu'un rêve,
  Et la douleur, la lutte et le labeur humain,
Et la joie, et l'ivresse, ou la gaîté si brève,
Tout n'était-il pour nous, mortels, qu'un songe vain ?

J'ai vécu, j'ai rêvé, j'ai connu le mensonge,
Le mensonge divin d'aimer et d'être aimé,
Et ces baisers, ces pleurs, tout n'était-il qu'un songe,
Ainsi que la douceur du sein qui m'a charmé ?

Rêve, j'aurai passé dans le rêve des choses,
Et leur féerie étrange, et la terre et le ciel
A mes yeux morts, scellés sous leurs paupières closes.
N'auront-ils, en fuyant, rien laissé de réel ?

L'universel Néant s'est miré dans mon être ;
J'ai passé, j'ai rêvé, tourmenté comme lui ;
Et l'ombre seule est vraie où je vais disparaître,
Avec le souvenir des clartés qui m'ont lui.

Pourtant soyez bénis, illusion d'une heure,
O songe fugitif, mirage d'un moment,
Terre qui nous portais, ô troublante demeure,
Où l'homme endort parfois sa misère en aimant,

Où dans les jardins clairs qu'alanguissent les plantes,
Sous les enchantements de la lune d'été,
Nos âmes se fondaient sur nos bouches brûlantes,
Échangeant des serments d'amour illimité.

J'ai vécu, j'ai rêvé; n'aurai-je fait qu'un rêve,
Quand je tenais *sa* forme éphémère en mes bras?
Et du rêve, ô mon âme, en la mort qui l'achève,
Que demeurera-t-il, quand tu disparaîtras?

A LA NATURE

PAREILLE en ton caprice aux reines d'Orient,
   Bizarre Déité, qui fais en souriant
Mourir ceux qui venaient de s'enivrer la tête
Aux parfums de ton corps, à la brûlante fête
Que leur donnaient tes seins d'où ruisselait l'amour,
Reine, malgré la mort, quand apparaît le jour,
Malgré ta cruauté tranquille, et les mensonges
De tes bras repliés pour enlacer nos songes,
De tes bras nous faisant une aimante prison,
Avec tes grands regards d'azur pour horizon,
Pour tes grands yeux d'azur, pour la chaude caresse
De ton sourire d'or, pour toute cette ivresse
Qu'une heure nous buvons à tes lèvres de feu,
Pour les splendeurs de ton palais au plafond bleu,
Pour la claire musique et la belle lumière
De ta chair, pour tes seins en leur fraîcheur première,
Pour le son féminin et le chant de ta voix,
Pour tes baisers, le soir, en la langueur des bois,

Je t'aime, et te bénis de m'avoir donné l'être,
D'avoir fait qu'un instant je te visse apparaître
Dans le rayonnement de ton corps adoré,
— Aux risques du néant, dont tu m'avais tiré !

HEURES SOMBRES

DANS L'ESTEREL

C'ÉTAIT un clair matin d'avril : toutes les branches
   Chantaient dans le soleil, après le long hiver ;
Les Alpes dans l'azur dressaient leurs cimes blanches ;
J'écoutais la sirène éternelle, la mer.....

Quand j'aperçus soudain, au-dessus de ma tête,
Tout en haut d'un talus qui bordait le chemin,
Un sordide vieillard, à l'allure de bête,
Sale, vil, repoussant, hideux débris humain.

Vers moi nonchalamment il tourna sa prunelle ;
Son corps se profilait sombre sur le ciel bleu ;
Et des fils de Caïn la colère éternelle
De ses yeux tout à coup jaillit comme du feu.

... Cet homme s'éloigna, m'ayant jeté sa haine ;
Et du regard longtemps je suivis soucieux
Cette apparition de la misère humaine :
Ce vieillard en haillons me cachait tous les cieux.

HOPITAL

Des enfants qui souffraient parce qu'ils étaient nés;
Des femmes qui mouraient pour les avoir fait naître;
Des hommes qui hurlaient ainsi que des damnés,
Et demandaient la mort, et ne voulaient plus être;

Un enfant qui râlait et se tordait hagard,
De l'écume à la bouche, avec des cris de bête,
Des vieillards dont les yeux n'avaient plus de regard,
Et dont tremblaient les mains, les jambes et la tête;

— Quand je sortis de là, j'allai je ne sais où;
Je marchai le cerveau malade à l'aventure;
Je regardai sans voir, comme ferait un fou,
Le ciel, les arbres verts, bercés dans le murmure

D'un matin de printemps, et restai tout le jour
Le front baissé, cherchant à comprendre où nous sommes,
Haïssant le soleil, et maudissant l'amour,
Oubliant tout, hormis la misère des hommes.

VIEILLES GRAVURES

SYMBOLES qu'a gravés un maître d'autrefois :
Pour figurer le rythme et la beauté des lois,
Qu'au fond de l'univers nos regards ont cru lire,
La Physique médite en jouant de la lyre.
L'Astronomie aussi tient un luth dont les sons
Rappellent des cieux clairs les sublimes frissons ;
Mais, symbole effrayant, près d'elle la Science,
Un crâne dans la main, sinistrement s'avance.

DEVANT LA MELANCHOLIA

D'ALBERT DURER

La Melancholia se tient sur une pierre,
  Le visage en sa main, cependant que le soir,
Triste comme elle, étend son ombre sur la terre,
Et qu'au loin le soleil s'éteint dans un ciel noir.

Que bâtit-on près d'elle? Est-ce un grand monastère
Pour une foi qui meurt, ou bien quelque manoir
Dont les canons un jour feront de la poussière?
Le soleil morne au loin saigne dans un ciel noir.

La Melancholia, songeant à ce mystère
Qui fait que tout ici s'en retourne au néant,
Qui nulle part il n'est de ferme monument,

Et que partout nos pieds foulent un cimetière,
Se dit : Puisque ainsi tout se doit anéantir,
Que sert-il de toujours créer et de bâtir ?

RÉBELLION

Si tu ne voulais pas que l'homme mécontent
   Te demandât raison de ton œuvre imparfaite,
Il le fallait laisser dormir dans son néant,
Ou comme aux animaux lui mieux courber la tête.

De peur d'une révolte, il te fallait garder
De mettre en notre esprit des rêves trop sublimes,
Et ne nous pas donner des yeux pour regarder
Trop avant quelquefois au fond de tes abîmes.

Mais tu nous fis ainsi : ne t'étonne donc pas
Qu'aimant et que pensant nous soyons des rebelles,
Et trouvions des laideurs aux choses d'ici-bas,
Que tes mains aisément pouvaient créer plus belles !

Ne pouvais-tu finir ce monde, ou le briser?
Ne prévoyais-tu pas qu'il deviendrait infâme?
Ton chaos dure encor : pourquoi te reposer?
La vieillesse et l'ennui seraient-ils dans ton âme?

Tout affamé d'amour, de justice et de bien,
Je m'étonne parfois qu'un idéal se lève
Plus grand dans ma pensée et plus pur que le tien!
— Oh! pourquoi m'as-tu fait le juge de ton rêve?

TIMOUR

Tɪᴍᴏᴜʀ a fait trancher quatre-vingt mille têtes ;
L'Émir devant Bagdad les a fait mettre en tas,
Et les corps ont servi de régal pour les bêtes,
Chacals, hyènes, vautours, qui suivent ses soldats.

Les têtes se dressaient en hautes pyramides,
Pour bien prouver à tous la force de sa main,
Et donner le dédain de vivre aux plus timides,
Par ces morts entassés montrant que tout est vain.

Timour a toujours fui les plaisirs de la femme ;
Il n'aime que le sang, l'opium et la mort,
Et rêve, trouvant l'homme indigne de son âme,
De le recréer pur, intrépide et plus fort.

Aussi fait-il sans fin flamboyer les épées,
Pour réveiller le monde entier de sa torpeur,
Et fait-il approcher de ces têtes coupées
Les enfants de son peuple afin qu'ils n'aient plus peur.

Il veut former un jour une race indomptable
Qui, dans le sang ayant trempé son cœur de fer,
Purifiera le monde, et, lavant cette étable,
Passera sur le genre humain comme une mer.

Et la terre dès lors ne sera plus qu'aux justes,
Aux voyants, aux croyants, aux fakirs dont les yeux
Jettent d'ardents éclairs, et dont les cœurs robustes
Ne craignent rien, hormis Allah, l'Émir des Cieux!

— Mais Timour est tombé sans accomplir sa tâche,
Et Roi des animaux, l'homme est resté toujours
D'une infime stature, et comme eux vil et lâche,
Impudique comme eux et sale en ses amours.

SENECTUS

Sombre fatalité, vieillesse, effroi des yeux,
O vieillesse! ironie amère, dont les Dieux
Se plaisent à railler le néant que nous sommes,
Toi, par qui les plus beaux et les meilleurs des hommes
Sont déchus, et flétris, sont tout chargés de maux,
Et courbés vers le sol comme les animaux,
Pourquoi subissons-nous l'horreur de ton outrage?
— Dieux du sublime éther, la femme est votre ouvrage
Le plus rare pourtant et le plus précieux,
Puisque en ses clairs regards rit l'azur de vos cieux,
Et que sa bouche en fleur est un si pur calice;
Or par quelle ironie, et par quelle malice,
Avant de la tuer, désirant la flétrir,
Infliger à sa chair la honte de vieillir!
Et ne souffrez-vous pas, lorsque par les années
Ces roses et ces lys, toutes ces chairs fanées,
Mêlent leur laideur triste à vos rêves joyeux,
Et salissent l'azur tranquille de vos yeux?

14

LA BÊTE

Qui donc t'a pu créer, Sphinx étrange, ô Nature,
  Et d'où t'ont pu venir tes sanglants appétits ?
C'est pour les dévorer que tu fais tes petits,
Et c'est nous, tes enfants, qui sommes ta pâture.

Que t'importent nos cris, nos larmes et nos fièvres ?
Impassible, tranquille, et ton beau front bruni
Par l'âge, tu t'étends à travers l'infini,
Toujours du sang aux pieds et le sourire aux lèvres !

N O X

Nuit, mère du Sommeil et du Rêve, Déesse
    Secourable et sereine, et chère à ceux qu'oppresse
Ici-bas la douleur de vivre, oh! pourquoi fuir
Chaque matin nos cœurs, qui se sentent mourir
Délicieusement dans tes doux bras de femme?
O Nuit! pourquoi t'enfuir, pourquoi délaisser l'âme,
Heureuse d'être enfin plongée au gouffre noir,
De ne plus rien entendre et de ne plus rien voir?
— Il faut vivre quand même, — et que le jour se lève
Chaque matin, chassant la Nuit, chassant le Rêve;
Ici-bas il faut vivre et distraire les Dieux :
— Ainsi les empereurs, qui, s'ennuyant chez eux,
Avaient besoin du cirque, où s'égorgeaient des hommes.
— Nuit, prends de nous pitié, voyant ce que nous sommes !

LE SILENCE DES MORTS

Nous évoquons sans fin le ciel morne et la terre,
    Et nous les supplions de dire ce qu'est Dieu :
Mais le Destin les a condamnés à se taire,
Et paraît s'amuser de ce terrible jeu !

Nulle parole encor ne leur est échappée,
Trahissant le secret qui nous rend soucieux;
Et pareils à ces noirs dont la langue est coupée,
Les êtres devant nous restent silencieux.

Mais vous, les morts, ô vous qui savez ce qu'on souffre
A toujours ignorer le sort qui nous attend,
Vous qu'on a descendus aux profondeurs du gouffre,
Et qui pourriez enfin dire ce qu'on entend,

Ce qu'on voit dans la tombe au fond de sa nuit noire,
O morts, qui connaissez les doutes d'ici-bas,
Et les tourments de ceux qui ne savent plus croire,
Pourquoi, muets aussi, ne répondez-vous pas ?

LE COUVERCLE DU MORT

J'étais mort, et je dis à mon âme : il est temps,
  Quitte ta tombe et viens, monte vers la lumière :
Tous ces vivants, oh ! comme ils rient, tu les entends ?
Il fait trop noir et froid ici, sors de ta bière.

... Le couvercle était lourd, et je raidis mes mains ;
Que de clartés là-haut et quel grand bruit de fête !
Horreur ! je retombai : mes efforts étaient vains,
C'était l'éternité qui pesait sur ma tête !

LA MAGIE DE SALOMON

Salomon fit un signe : un génie amena
    Sous la nuit étoilée
La Mort, qui sur le champ humble se prosterna,
    Magnifique et voilée.

Et Salomon lui dit : « La lune mène aux cieux
    Sa danse accoutumée ;
Je veux te voir aussi, reine, devant mes yeux
    Tourner comme une almée.

« Entends la flûte rire et hurler les tambours. »
    — Et dans cette musique
Elle tourbillonna sous ses vêtements lourds,
    Selon l'ordre magique.

Or quand elle eut fini, Salomon soucieux
    Lui cria : « Mets-toi nue,
Je veux voir ta laideur, et voir s'il n'est pas mieux
    Qu'elle soit moins connue. »

Et la reine obéit; et, ses voiles ouverts,
<blockquote>Elle apparut horrible,</blockquote>
Le corps tout décharné, le crâne par les vers
<blockquote>Tout troué comme un crible.</blockquote>

« C'est bien, recouvre-toi de ta robe, dit-il,
<blockquote>Habille ton squelette;</blockquote>
Que parfois à tes pieds brûle un parfum subtil
<blockquote>Dans une cassolette;</blockquote>

« Sous un long voile obscur tiens cachés tes yeux creux
<blockquote>Et remplis de mensonges</blockquote>
Ton silence ou ta voix, pour que les malheureux
<blockquote>Aient devant toi des songes,</blockquote>

« Et qu'à leur dernière heure, en rêvant dans tes bras
<blockquote>Des délices suprêmes,</blockquote>
Ils croyent éblouis, lorsque tu paraîtras,
<blockquote>Goule, que tu les aimes!</blockquote>

« Mets du fard à ta peau, trompe-les, je le veux,
<blockquote>Pour tenter leur envie</blockquote>
Sème de diamants la nuit de tes cheveux,
<blockquote>Mens-leur comme la Vie! »</blockquote>

— Et la reine obéit, et les hommes longtemps,
<blockquote>En la croyant très belle,</blockquote>
Fous d'amour, et les yeux de désirs éclatants,
<blockquote>Se tuèrent pour elle!</blockquote>

CHRIST D'UN VIEUX MAITRE

Un Christ en croix, saignant, sombre, maigre, livide.
Il est seul, déserté de tous : le ciel est vide.
Ce ciel qu'il évoquait d'un regard éperdu
Ne s'est pas entr'ouvert et n'a rien répondu :
Et ce Christ semble mort dans l'angoisse suprême,
Ayant douté de nous, de douter de Dieu même.

ÉTOILE LOINTAINE

ASTRE clair qui là-haut trembles au fond des cieux,
Quel est le nom, quelle est la forme de tes dieux ?
Des hommes sont-ils rois de tes troupeaux de bêtes ?
Lointaine étoile, as-tu tes héros, tes prophètes,
Tes fous, tes criminels et tes sombres damnés,
Ou tes voyants, tes saints, tes grands hallucinés,
Cherchant à consoler la détresse des êtres ?
Tes vivants souffrent-ils du péché des ancêtres ?
Et le soir, éblouis par ta splendeur qui ment,
Prolongent-ils aussi leur misère en s'aimant ?
Tes amants savent-ils au cœur de leur amante
Apaiser l'infini désir qui les tourmente ?
Astre clair, cependant tu souris et tu luis ;
Tu mêles ton mensonge à la douceur des nuits ;
Tu scintilles, pareil aux yeux des bien-aimées,
Malgré tant de douleurs en ton sein renfermées,
Et bien qu'en toi, fruit d'or, fruit merveilleux du ciel,
Le mal se soit glissé comme un ver éternel.

FIGURINES MACABRES

I

ADAM et Ève ont fui leur beau paradis clair.
Froide sous un ciel noir déchiré par l'éclair,
La terre étend ses lacs et ses plaines sans bornes.
Ils contemplent muets ces solitudes mornes.
Et grelottent, fouettés par la pluie et le vent.
Un violon en main, la Mort court en avant,
Jouant des airs d'amour, et gambadant de joie
Devant cet univers, qui deviendra sa proie.

II

L'astrologue pensif interroge les cieux :
La Mort, en s'approchant, lui met devant les yeux
Un hideux crâne vide, et rit, et lui vient dire :
Le ciel est aussi creux, que veux-tu donc y lire ?

VEILLÉE FUNÈBRE

Pauvre homme, qui vécus sans joie et sans clarté,
    Et dont le cœur pourtant ne connut pas l'envie,
Tes membres étendus dans l'immobilité
Se reposent enfin du combat de la vie.

Tu marchais résigné, tranquille en ta vertu :
Quelle est ta récompense, et sur le grand mystère,
Si tu ressuscitais, que nous répondrais-tu ?
Lazare allait parler, quand Jésus l'a fait taire.

La vie autour de toi s'agite avec son bruit
D'Océan monotone et lointain, et je songe
Aux amants éperdus qui s'aiment dans la nuit
Pour prolonger sans fin ce bruit et ce mensonge...

Mais aux morts délivrés qu'importe ce qu'ils font,
Et tout l'enfantement du temps et de l'espace ?
Contemporain des morts, dans ton calme profond,
Que t'importe aujourd'hui tout ce néant qui passe ?

L'AME DES BÊTES

LE soleil se couchait rouge, immense, superbe ;
Je voyais fourmiller des insectes dans l'herbe,
Et près du petit peuple à mes pieds rassemblé,
Regagnant la forêt des hauts épis de blé,
Tout songeur, j'essayais d'imaginer la forme
Qu'en ces cerveaux chétifs prenait cet astre énorme,
Et l'horreur, la stupeur des bêtes regardant
Le grand dragon de feu saigner à l'Occident...

HARMONIES DU SOIR

D'après un tableau de M. Henner.

J'ai l'horreur de penser, et par instants j'envie
Les êtres primitifs qui traversaient la vie
Sans le tourment du bien, ni le souci du mal,
Dans cette inconscience où rêve l'animal!...
— Songe d'un soir d'été : la brise est amollie;
Des nymphes au corps pâle auprès d'une eau pâlie
Fleurissent, grands lys blancs, parmi l'herbe et les fleurs,
Et l'eau sourit de ses yeux bleus comme les leurs.
Sous les bois fraternels, ces nymphes indolentes
Ont le charme immobile et le calme des plantes.
Aucun émoi jamais en leur être ingénu :
Leur corps jeune et divin est tranquillement nu;
Belles innocemment, elles s'offrent sans voiles
A l'amour du soleil, aux baisers des étoiles.
Dans la candeur des bois sacrés de l'âge d'or
Luit cette nudité que rien ne trouble encor;
Et leur sang virginal est lent comme la sève,
Et leur pensée heureuse a le vague d'un rêve!...

— L'onde a des yeux de femme et des frissons, le soir;
Une nymphe est assise au bord de ce miroir,
Et de la flûte antique, adorable harmonie,
Fait s'exhaler un chant de douceur infinie,
Un chant paisible ayant la paix de ces forêts,
Un chant, comme cette eau, chaste, limpide et frais,
Mystérieux, vibrant, comme cette lumière,
Un chant pur, où sourit leur pureté première,
Un chant tendre, et qui fond tous ces tendres accords
Du ciel pâle, de l'eau pâlie et de leurs corps.

CALME DES PLANTES

Le sage aime la paix et la douceur des plantes,
  Leurs regards féminins et leur sérénité,
Et le sage aime aussi les bêtes nonchalantes
Qui dorment près de lui dans l'immobilité.

Le soir, quand il succombe au lourd poids de la vie,
  Qu'il est las de penser et de rêver toujours,
Il va parmi les bois, et sa tristesse envie
Les fleurs qui vont s'ouvrir à de calmes amours.

Car Dieu semble n'avoir créé dans notre tête
Que stériles tourments et vaine activité,
Réservant ici-bas pour la plante et la bête
Le calme bienheureux de la passivité.

ATAVISME

L A chair commande en nous, dès que l'âme sommeille,
Quand l'homme en nous s'endort, la bête se réveille;
Ame débile à qui tous tes sens font la loi,
Les besoins animaux toujours règnent en toi.
La chair a ses désirs impurs, ses rêves sombres,
Vestiges infamants d'un long passé plein d'ombres;
Elle obéit souvent à de sinistres voix :
Si bestial rampait naguère au fond des bois
Ce faune, aïeul obscur de nos races humaines !
Et nos lubricités, et ces chocs de nos haines,
Nos goûts carnassiers, nos vices monstrueux,
Tant de sales péchés qui s'attirent entre eux,
Sont, — instincts, mal domptés encor par les lois saintes, —
Les fureurs d'un vieux sang qui ne sont pas éteintes.

CRIMES D'AMOUR

QUAND pâles, éperdus, nous tenons embrassées
    Celles qui transmettront nos corps et nos pensées,
Nos âmes, nos vertus, l'héritage du mal,
Et les instincts pervers de l'antique animal,
Je ne sais quel effroi se mêle à nos caresses.
L'homme est triste parfois, sortant de ces ivresses,
Comme s'il ressentait quelque vague remords
D'éterniser ainsi tous les péchés des morts...
Aussi pour que pas un n'hésite, la Nature,
Prévoyante, et qui veut que l'humanité dure,
A-t-elle soin, tranquille en ses secrets desseins,
D'allumer la fureur et la fièvre en nos seins.
Alors inconscients, ivres, dans la folie
Et l'atroce plaisir du baiser qui nous lie,
Au crime d'enfanter des âmes condamnés,
Nous évoquons le cher troupeau des nouveau-nés.

OURAGAN NOCTURNE

LES vagues se cabraient comme des étalons,
    Et dans l'air secouaient leur crinière sauvage,
Et mes yeux, fatigués du calme des vallons,
Voyaient enfin la mer dans une nuit d'orage.

Le vent criait, le vent roulait ses hurlements,
L'océan bondissait le long de la falaise,
Et mon âme, devant ces épouvantements
Et ces larges flots noirs, respirait plus à l'aise.

La lune semblait folle, et courait dans les cieux,
Illuminant la nuit d'une clarté brumeuse ;
Et ce n'étaient partout qu'aboiements furieux,
Rugissements, clameurs de la mer écumeuse.

O Nature éternelle, as-tu donc des douleurs?
Ton âme a-t-elle aussi ses heures d'agonies?
Et ces grands ouragans ne sont-ils pas tes pleurs,
Et ces sanglots du vent tes plaintes infinies?

Souffres-tu donc aussi, Mère qui nous as faits?
Et nous, sombres souvent comme tes nuits d'orage,
Inconstants, tourmentés, et comme toi mauvais,
Sommes-nous donc en tout créés à ton image?

SOIR D'AUTOMNE

Le printemps m'a jeté des vers,
　Les oiseaux m'ont jeté des rimes;
Le grand vent dans les arbres verts
M'a soufflé des rythmes sublimes.

Sous l'été brûlant, tout le jour,
Vers le ciel j'ai tendu mon âme,
Afin qu'elle s'emplît d'amour,
Et s'incendiât à sa flamme.

Mais les rouges soleils du soir
M'ont versé leur mélancolie;
Et l'automne, son désespoir,
Et la mer folle, sa folie.

FEMINEUM MARE

O mer, mer tour à tour caressante et cruelle,
 Terrible mer, changeante et trouble autant que nous,
Pourquoi tes cris de bête et tes grands élans fous,
Quand la lune au cœur pâle apparaît et t'appelle?

O mer des nuits d'orage, ô hurlante femelle,
Qui tords les naufragés engourdis par tes coups,
Et mer des soirs d'été, dont les yeux bleus sont doux,
O chanteuse, ô berceuse, ô sirène éternelle;

Mer, tour à tour pourquoi tes fureurs, tes sanglots,
Puis tes rires d'écume et l'azur de tes flots,
Tes douceurs, tes langueurs et tes soupirs de femme,

O mer, qui ne connais ni pitié ni remords,
Ossuaire profond où dorment tant de morts,
Abîme monstrueux, si pareil à notre âme?

REMINISCENCES

A Darwin.

JE sens un monde en moi de confuses pensées,
  Je sens obscurément que j'ai vécu toujours,
Que j'ai longtemps erré dans les forêts passées,
Et que la bête encor garde en moi ses amours.

Je sens confusément, l'hiver, quand le soir tombe,
Que jadis, animal ou plante, j'ai souffert,
Lorsque Adonis saignant dormait pâle en sa tombe,
Et mon cœur reverdit, quand tout redevient vert.

Certains soirs, en errant dans les forêts natales,
Je ressens dans ma chair les frissons d'autrefois,
Quand, la nuit grandissant les formes végétales,
Sauvage, halluciné, je rampais sous les bois.

Dans le sol primitif nos racines sont prises ;
Notre âme, comme un arbre, a grandi lentement ;
Ma pensée est un temple aux antiques assises,
Où l'ombre des Dieux morts vient errer par moment.

Quand mon esprit aspire à la pleine lumière,
Je sens tout un passé qui le tient enchaîné;
Je sens rouler en moi l'obscurité première :
La terre était si sombre, aux temps où je suis né!

Mon âme a trop dormi dans la nuit maternelle :
Pour monter vers le jour, qu'il me fallut d'efforts!
Je voudrais être pur : la honte originelle,
Le vieux sang de la bête est resté dans mon corps.

Et je voudrais pourtant t'affranchir, ô mon âme,
Des liens d'un passé qui ne veut pas mourir;
Je voudrais oublier mon origine infâme,
Et les siècles sans fin que tu mis à grandir.

Mais c'est en vain; toujours en moi vivra ce monde
De rêves, de pensers, de souvenirs confus,
Me rappelant ainsi ma naissance profonde,
Et l'ombre d'où je sors, et le peu que je fus;

Et que j'ai transmigré dans des formes sans nombre,
Et que mon âme était, sous tous ces corps divers,
La conscience, et l'âme aussi, splendide ou sombre,
Qui rêve et se tourmente au fond de l'univers!

LE DOMPTEUR

Le dompteur se tenait debout devant ses bêtes :
  Sur les barreaux du fond les lions se pressant,
Il les fouetta ; soudain alors toutes ces têtes,
Avec un mouvement terrible se dressant,

Rugirent : un nouveau coup de fouet les fit taire,
Et les lions soumis et rentrés au repos,
Le dompteur les força de se coucher à terre,
Et gracieusement mit son pied sur leur dos.

Mais ce qui plut surtout et fit rire les femmes,
Ce fut après cela de petits lionceaux,
Condamnés pour la vie aux spectacles infâmes,
Qui lestement sautaient à travers des cerceaux.

Leurs mères regardaient de leur prunelle morte.
L'homme sourit encore au moment de partir ;
Et j'eus honte, voyant qu'il atteignait la porte,
De ces lions repus qui le laissaient sortir.

Et mon cœur s'indigna de l'horreur de ces fêtes,
Aimant toutes fiertés, et, partant, n'aimant pas
Qu'outrageant sans pudeur la dignité des bêtes,
On dressât des lions à se courber si bas.

DANS UNE FORÊT LA NUIT

SILENCIEUSE horreur des forêts sous la nuit !
Chênes, fantômes noirs, qui vous dressez dans l'ombre,
Bleus abîmes du ciel, gouffre tranquille où luit
Le fourmillement clair des étoiles sans nombre,

J'erre terrifié, les yeux fixés sur vous,
Voulant percer toujours ces ombres où nous sommes,
Mais où vous demeurez, interrogés par nous,
Sans réponse jamais aux questions des hommes !

Univers éternel, arbre toujours vivant,
Ygdrasill, frêne énorme, aux vibrantes ramures,
Quel esprit est en toi, quel grand souffle, quel vent
Vient t'agiter sans fin et t'emplir de murmures?

Étoiles, floraison de cet arbre géant,
Qui ressemblez aux yeux terrestres de la femme,
Fleurs brûlantes du ciel, je songe à ce néant,
Où vous vous éteindrez un jour comme mon âme !

J'ai peur, mortel chétif, en cette immensité :
La ténébreuse horreur des grands bois me pénètre,
J'ai peur, quand au travers de leur obscurité
Je vois tout l'infini qui menace mon être.

... Dans ce monde avec vous comment suis-je venu ?
O fantômes, avant que la mort ne nous fasse
Tous rouler pêle-mêle au fond de l'inconnu,
Regardons-nous, une heure encore, face à face !

LE CAP NORD

. . Et devant lui s'ouvre le palais de l'Éternel...

CARLYLE.

Sous la morne blancheur des longues nuits polaires
Se dresse le Cap Nord, sombre, silencieux,
Et le rocher, debout sous les clartés stellaires,
Semble un géant qui veille à la porte des cieux.

A ses pieds, l'Océan se tord et se lamente,
Le vieil Océan pleure et roule ses sanglots,
Et tandis que le vent du pôle le tourmente,
Tranquille le géant plane au-dessus des flots.

Tout au loin, à cette heure, enveloppés dans l'ombre,
Reposent dans le sein du rêve et du sommeil
Les peuples de l'Europe, et les races sans nombre
De l'Afrique, la noire amante du soleil.

Là-bas règnent le Temps, la Douleur et le Crime,
Et l'Amour et la Mort errent par les chemins;
Ici, l'âme de l'homme au bord du grand abîme
Méprise tout le vain tumulte des humains,

Et contemple sans voix l'espace taciturne,
Le palais ténébreux où dort l'Éternité,
Froidement éclairé par la lampe nocturne
De la lune, flottant sur cette immensité.

LE SOURIRE

Tijaour se faisait suivre dans les combats
    D'une esclave très belle, et qui, dressant sa taille,
Sur l'épaule d'un noir, calme, appuyant ses bras,
Du haut d'un éléphant dominait la bataille.

Rêvait-il, s'il était vaincu, de reposer
Sur cette femme encor sa vue inassouvie,
Ou, bizarre songeur, voulait-il opposer
Aux horreurs du trépas les splendeurs de la vie ?

Sur la gaze et la soie, enserrant son long corps,
Flottait, sombre manteau, sa chevelure brune ;
Au-dessus des blessés, des mourants et des morts,
Tranquille et doux planait son sourire de lune.

Pour contempler l'éclat de ses yeux de lapis,
Les moribonds rouvraient leurs paupières tremblantes :
Sur leurs corps écrasés elle semblait un lis,
Éclos dans un jardin de tulipes sanglantes.

— C'est ainsi que sourit, en nous voyant mourir,
Avec ses grands yeux clairs la Nature sereine,
Et que ses yeux pourtant nous aident à souffrir,
Indifférents et beaux, sans amour ni sans haine!

LE VIEILLARD

Un vieillard tout courbé s'est assis sur un banc :
 Aux rayons du soleil que renvoie un mur blanc
Un moment il se vient réchauffer, et regarde
Quelques soldats debout devant un corps de garde,
Des femmes s'appuyant au bras de leur amant,
Des mères dont la main rappelle doucement
Leurs enfants curieux que toute chose arrête,
Puis ce grand ciel qui flambe au-dessus de sa tête
Et dont la vision va s'éteindre pour lui,
Et les yeux du vieillard se ferment pleins d'ennui.

SUICIDE

Voulez-vous venir prendre l'air, Monseigneur ?
— Où cela ? dans le tombeau ?...

HAMLET.

CET homme s'est tué, triste et fatigué d'être :
On l'aurait consulté, qu'il n'eût pas voulu naître :
Pourquoi lui reprocher d'avoir voulu mourir ?
Patricien très pur, il ne pouvait souffrir
D'être heurté toujours par cette tourbe humaine.
Du reste, il n'eut jamais ni colère ni haine.
L'éternel féminin le satisfaisait peu,
Il admirait parfois les décors, le ciel bleu,
L'Océan, les forêts, et les soleils d'automne ;
Mais la pièce à ses yeux était trop monotone,
Et les acteurs aussi lui paraissant mauvais,
Pris d'un ennui suprême, il se dit : Je m'en vais.
Or, tous les satisfaits et les badauds des rues
Sont étonnés quand on s'enfuit de leurs cohues ;
Le spectacle l'écœure, il n'en veut plus, et sort
Pour aller respirer le silence : a-t-il tort ?

16

MALADIE RÉGNANTE

L'ENNUI, l'hôte assidu de nos tristes cerveaux,
  A fait sa proie aussi de l'immortel espace :
La Mort voudrait mourir, et le soleil se lasse,
Hercule fatigué de tous ses vains travaux.

Les Cieux péniblement semblent traîner leur vie ;
Voilà que l'amour même est lourd au cœur humain,
Et courbé sous le poids de ses rêves sans fin,
Trouvant l'éternité trop longue, Dieu s'ennuie !

L'INEFFABLE BAISER

Tout lendemain d'amour a son réveil amer ;
Nulle forêt ne peut rassasier la flamme,
Aucun fleuve n'a pu rassasier la mer,
Et nul amour humain satisfaire notre âme.

Des Dieux jadis ont eu le secret d'apaiser
Cet infini besoin d'amour qui la tourmente,
C'était l'intarissable et mystique baiser,
Que ces amants divins donnaient à cette amante.

Pauvre âme, en l'avenir, que deviendra ton sort,
Si les cieux désertés à jamais restant vides,
Pour éteindre ta soif, tu n'as plus que la Mort
Et le baiser muet de ses lèvres livides ?

THÉATRE DES MARIONNETTES

MISÉRABLES sont nos destins,
Tous nos actes sont un mystère ;
Nous ressemblons à des pantins
Suspendus entre ciel et terre.

De magiques décors pour fonds,
Et s'agitant parmi ces toiles,
Toujours des traîtres, des bouffons,
Et des amants sous les étoiles :

Ces amoureux, ils vont brodant
Leurs variations sur un thème
Bien ancien, et qui cependant
Fait encore un plaisir extrême.

Le spectacle ainsi change peu,
C'est toujours au fond même chose :
Toujours le ciel, gris, noir ou bleu,
Sur du lyrisme ou de la prose.

Quelquefois le sang est versé :
Cris, tempête, flamme et fumée;
Et quand tout ce bruit est passé,
On en fait de la renommée.

Pourquoi ces amours, ces combats?
On souffre, on meurt, ici l'on aime.
Pourquoi jouons-nous ici-bas
Ce vieux drame, toujours le même?

Est-ce pour distraire ses yeux,
Ou pour charmer l'ennui des anges,
Que Dieu sans fin fait sous les cieux
Défiler ces choses étranges?

Et quand nous avons quelque temps
Tourné sur cette scène étroite,
La Mort, contents ou mécontents,
Vient nous replacer dans la boîte.

L'ENTERREMENT

D'UNE MARIONNETTE

DIES *iræ, dies illa*
    Solvet sæclum in favilla :
La morte qu'on enterre là
Était hier ma bien-aimée :
Ils l'ont dans la boîte enfermée.

Je pense aux baisers dans son cou,
Quand je l'adorais comme un fou.
On va la jeter dans un trou ;
Un peu d'eau bénite et de terre ;
Puis, éternelle solitaire,

Sur tes petits seins tes deux bras,
Toute sage tu dormiras,
Et lentement tu pourriras,
N'ayant plus, ô mon hirondelle.
Que le ver qui te soit fidèle.

Seule autrefois tu t'effrayais ;
Si je m'en allais, tu criais ;
En revenant, moi je riais :
Tu seras seule tout à l'heure,
Tu ne crîras plus ; et je pleure...

Vieux navire battu des vents,
Tout meurtri par les flots mouvants,
Parmi le monde des vivants,
Je vais rentrer, tête baissée,
Du brouillard gris plein la pensée.

Les jours de pluie, à ton cher corps,
Laissé là-haut, laissé dehors,
Je songerai : les pauvres morts
Jusque sur eux sentent peut-être
La pluie horrible qui pénètre.

« Toujours, toujours, en tous les temps
Les amoureux auront beau temps. »
C'est une chanson de printemps,
Très ancienne et de toi goûtée ;
Autrefois nous l'avons chantée.

Il est toujours là, le décor,
La ville et le bois, le ciel d'or,
Et ma marionnette encor
Parle, s'agite et se tient droite...
— Quand rentrerai-je dans la boîte ?...

L'APOLLON DU NOUVEL OPÉRA

C'ÉTAIT par un des soirs de la fatale année :
  Il pleuvait; la nouvelle avait été donnée
D'un horrible désastre, et j'allais en avant
Par la rue, au hasard, sous la pluie et le vent.
Ce dernier coup tuait la dernière espérance.
Dans cet effondrement sinistre de la France,
Je sentais s'écrouler mes rêves, mon orgueil,
Mon âme, et j'étouffais comme dans un cercueil.
Et pas une lueur n'éclairait le naufrage :
Quand soudain dans le ciel où rugissait l'orage,
Parmi les éclairs bleus qui déchiraient la nuit,
Je vis sur nous, sereine au milieu de ce bruit,
Étinceler sublime et planer une lyre,
Et Phœbus-Apollon, comme pris de délire,
La dressait, la montrait à tous vibrante encor,
Et les éclairs semblaient jaillir des cordes d'or !
Assises à ses pieds, les Muses immortelles
Palpitantes, ouvrant dans l'air leurs larges ailes,

Laissaient tomber sur nous un regard souriant;
Et mon âme reprit espoir en les voyant,
Et j'adorai, d'un cœur redevenu tranquille,
Le grand Dieu protecteur qui veillait sur la ville!

LE SPHINX

Il est auprès du Nil un sphinx de granit rose,
  Qui, depuis six mille ans immobile en sa pose,
Regarde à l'horizon les races se lever,
Pour passer et mourir et ne rien achever.

Ses lèvres ont gardé leur sourire morose;
Il a vu dans la mort s'écrouler toute chose,
Il sait que du néant rien ne se peut sauver,
Et par la nuit grandi, le sphinx semble rêver.

Des étoiles d'argent s'épanche une lumière
Impassible. La bête avec ses yeux de pierre
Contemple fixement les astres sans émoi :

Et j'ai cru sous leurs clairs regards l'entendre dire :
Astres, qui sachant tout gardez votre sourire,
Êtes-vous donc aussi sans âme, ainsi que moi?

MOÏSE

Dans le désert, un soir, Moïse étant très vieux,
   Seul, sur un haut rocher, se tenait soucieux,
Et songeait, regardant au loin la plaine immense.
Le ciel rouge du soir s'emplissait de silence ;
Le soleil descendait, dans des brumes perdu,
Et tout le camp, aux pieds du prophète étendu,
Sous ses yeux lentement disparaissait dans l'ombre.
Au milieu, les troupeaux formaient un cercle sombre
Sur le sable, parmi des groupes de chameaux,
Et les hommes de garde auprès des animaux
Allumaient de grands feux et veillaient sur leurs bêtes.
— Or le vieillard, si fort que toutes les tempêtes
Demeuraient sans effet sur son âme d'airain,
Ce héros rude et fier, dont nul pouvoir humain
N'eût pu faire plier jamais le front sublime,
Moïse ce soir-là tremblait devant l'abîme
De l'infini, devant l'infini ténébreux,
Et lui, chef et pasteur et prêtre des Hébreux,
Il sentait succomber ses rêves grandioses
Sous le doute éternel qui sort du sein des choses :

Il contempla longtemps son camp qui s'endormait,
Et le ciel, où la lune ardente s'enflammait,
Puis, fermant ses grands yeux d'aigle, le vieux Moïse
Se dit : « Ils vont entrer dans la terre promise,
Mais moi, qui dois mourir avant, où vais-je aller ?
— O maître dur, pourquoi crains-tu de révéler
Le secret qui se cache aux demeures funèbres ?
Pourquoi n'oses-tu pas éclairer ces ténèbres ?
Et, pareils aux troupeaux ignorants de leur sort,
Il nous faut donc toujours arriver à la mort,
Sans avoir pu percer l'horreur de son mystère,
Ni comprendre pourquoi nous étions sur la terre ?
— Échappés au néant, nous rentrons dans la nuit.
Une heure, notre oreille aura perçu le bruit
Des choses ; nous aurons, entr'ouvrant la paupière,
Contemplé l'océan profond de ta lumière ;
Nos regards auront vu les abîmes des cieux
Se dérouler avec leurs flots mystérieux,
Et, comme en un grand fleuve où se bercent des îles,
Se bercer dans l'éther les étoiles tranquilles,
Et le mirage éteint, dans le tombeau béant,
Ne connaîtrons-nous plus que les vers du néant ?
Oh ! qu'est-elle, la Mort ? Et pourquoi, criminelle,
Sans pudeur, sans pitié, si souvent frappe-t-elle
Des enfants qu'ici-bas tu forçais de venir ?
Pourquoi sépares-tu ceux que tu viens d'unir ?
Par quel caprice un jour nous as-tu donné l'être ?
Quand rien n'était créé, qui demandait à naître ?
Si nous sommes tes fils, comment nous as-tu faits

Sans vertu ni vigueur, impuissants et mauvais?
Quel orgueil gardes-tu, quand, contemplant la terre,
Tu la vois promener sa honte et sa misère
De ciel en ciel, sans fin, à travers tous les temps,
Et n'enfanter que pour créer des mécontents?
Tu ne sens donc jamais se troubler tes pensées,
Quand pleurent à la fois tant de choses blessées?
Quel besoin avais-tu des bêtes et de nous,
De lâches à tes pieds se courbant à genoux,
Ou, stupides, baisant des idoles de pierre,
Quand ta foudre éblouit leur débile paupière?
— Cache-moi leur laideur! Oh! cache-moi ton mal!
L'homme n'est pas ton fils: l'homme est un animal
Né des autres, qui marche à travers la nature,
Comme eux tous, ne songeant qu'à trouver sa pâture,
Et le ventre content, qu'à se coucher en paix.
J'ai voulu l'éveiller de son sommeil épais:
Mais ces volontés-là resteront longtemps vaines,
Car le vieux sang toujours coulera dans ses veines,
Ce vieux sang de la bête au fond de l'être humain;
Et tout cela pourtant est l'œuvre de ta main!
Oh! je voudrais dresser mon front jusqu'aux étoiles,
M'élever jusqu'à toi, pour déchirer les voiles
Qui te couvrent, frapper à tes portes d'azur,
Et, tête haute, entrant dans le palais obscur
Où tu vis, t'appeler, te forcer d'apparaître,
Et savoir à la fin, ô Roi, qui tu peux être! »
— Et Moïse, disant ces mots, se releva.
Qui pourrait révéler ce qu'ensuite il rêva?

Et le vieillard debout, rappelant la stature
Des animaux premiers de l'antique nature,
Apparaissait si grand alors sous le ciel bleu,
Qu'il semblait de puissance à lutter avec Dieu.
— Cependant la nuit pâle enveloppait le monde
De ses fraîcheurs, la nuit versait sa paix profonde
Sur les êtres; la lune aimante dans les cieux
Brûlait, et le désert dormait silencieux.
Moïse le matin descendit dans la plaine,
Et, malgré les dégoûts dont son âme était pleine,
Il rendit tout le jour la justice aux Hébreux,
Il bénit les mourants, il toucha les lépreux,
Et prêcha la pitié pour la misère humaine ;
Et Moïse mourut, après une semaine.

LA PITIÉ DU BOUDDHA

PRENDS un peu de repos dans la maison d'été
    De mes seins, pleins de senteurs douces ;
Mes cheveux te feront un tapis velouté,
    Aussi frais que celui des mousses.

« Arrête-toi ; ta joue est si pâle, tes yeux
    Laissent voir que ton esprit souffre ;
Pourquoi sans mouvement regardes-tu les cieux,
    Comme effrayé devant leur gouffre ? »

Le Bouddha répondit : « Femme, retire-toi ;
    Toutes les voluptés sont vaines,
Et rien n'existe plus de commun entre moi
    Et les apparences humaines.

« La fraîcheur et la paix, elles sont dans la mort.
    Vous, femmes, dont la beauté règne
Sur les mondes, il faut que le sage au cœur fort
    Toujours vous évite et dédaigne ;

« Car c'est votre beauté qui transmet le néant,
　　　　C'est par son attrait que nous sommes,
Et c'est pitié qu'ainsi du désir d'un moment
　　　　Naissent les misères des hommes ! »

Et, triste, le Bouddha poursuivit son chemin.
　　　　Or, après de longues années,
Il revit, mendiante et qui tendait la main,
　　　　La courtisane aux chairs fanées.

Il aborda, le cœur aimant comme toujours,
　　　　Et les yeux bons, cet être immonde,
Et lui dit : « O ma sœur, où sont donc tes amours ?
　　　　Comprends-tu le néant du monde ?

« Autrefois, je t'ai fuie, alors que la splendeur
　　　　De ta forme attirait les âmes ;
Je reviens aujourd'hui que l'on craint ta laideur,
　　　　A l'égal des choses infâmes.

« Et maintenant, ma sœur, sais-tu que tout est vain,
　　　　Que toute forme n'est qu'un songe,
Et que le monde entier, comme le corps humain,
　　　　N'est rien qu'un douloureux mensonge ?

« Mais puisque tu gémis désormais sans beauté,
　　　　Viens prendre, ô toi que l'on repousse,
Un peu de paix, que t'offre en sa maison d'été
　　　　Mon âme aux âmes toujours douce. »

LA MÉDITATION DU BOUDDHA

APRÈS le jour la nuit, et de nouveau l'aurore ;
Ce monde naît, vieillit, meurt, et renaît encore...
J'ai longtemps médité sous les grands figuiers verts,
Et suis las d'avoir vu passer tant d'univers.
Il m'est donc apparu le néant de ce monde !
Pourquoi s'agite-t-il, comme, en la mer profonde,
Ces vagues, dont le flux et le reflux sont vains ?...
J'ai vu le vide au fond de tous les noms divins,
Et c'est le vide aussi que je trouve en moi-même...
L'homme au ver conquérant livre tout ce qu'il aime :
Que reste-t-il, ô Mort, en tes éternités,
Des visions que nous nommons réalités ?
Pourtant, bien qu'à jamais l'existence soit vaine,
Lorsque je songe, hélas ! à cette foule humaine,
Qui gémit et chancelle, et s'avance au hasard,
En regardant la tombe avec cet œil hagard
Qu'ont les noyés, alors qu'ils roulent dans un gouffre,
Triste et pris de pitié devant ce qu'elle souffre,

17

Pour relever son âme, et soulager un peu
Sa misère et sa mort, je voudrais être un Dieu,
Et l'aimer, la bercer de sublimes mensonges
Qui lui rendraient les grands espoirs et de beaux songes...
— Or le Bouddha, très pur et très bon, fut un jour
Ce Dieu qu'il rêvait d'être en son immense amour!

LE SAGE

Le vieux Viçvamitra dans les austérités
  Avait vécu cent ans, et le farouche ascète
Assombrissait parfois de regards irrités
Le ciel clair, où les Dieux anciens menaient leur fête.

Le peuple entier du ciel redoutait ce géant,
Car le vieillard pouvait d'une seule parole,
S'il les dédaignait trop, renvoyer au néant
Tous ces amants divins dont la terre était folle.

Il avait si longtemps, du fond de ses forêts,
Pesé la vanité du ciel et de la terre;
Il avait pénétré d'effroyables secrets;
Mais comme il était bon, il préférait les taire.

Il savait qu'eux aussi les Dieux devaient périr,
Que tous étaient encor plus vains que nous ne sommes,
Et qu'un mot suffirait pour faire évanouir
Ces fantômes créés par le songe des hommes.

Il était devenu très vieux; il dit un jour :
« Ces ombres, ma pitié les a trop laissés vivre;
J'élargirai le cœur des hommes par l'amour;
Mais il est temps qu'enfin leur esprit se délivre! »

Alors il aperçut, sanglotante, étouffant,
S'affaissant sous le poids trop lourd de sa souffrance,
Une femme qui, près du cercueil d'un enfant,
Les yeux au ciel, cherchait sa dernière espérance.

— Et le vieillard pensa : « Le silence vaut mieux...
Quel mot consolerait cette âme qui succombe? »
Et, n'osant pas encor faire écrouler les cieux,
Les deux doigts sur la bouche, il entra dans sa tombe.

VERS STOÏCIENS

STOÏCISME

RAPPELLE-TOI ce fier précepte des ancêtres:
Fais d'abord ton devoir, qui seul dépend de toi;
Tranquille, pour le reste, obéis à la Loi
Qui régit sans amour tout ce troupeau des êtres.

Garde ferme en ton cœur, pour la lutte ici-bas,
L'orgueil, dernier appui de cette race humaine;
Fais ton devoir d'abord, et pur, quoi qu'il advienne,
Sois le héros qui tombe et ne déserte pas.

LA FIERTÉ DU NÉANT

En face du Destin, impassible victime,
  Pur et libre, et gardant l'orgueil de ta vertu,
Tu peux mourir debout dans ta fierté sublime :
Fils du néant, de quoi, néant, te plaindrais-tu ?

Sous le ciel infini, sentant, vague fantôme,
L'horrible poids sur toi de son éternité,
Demeure sans trembler, et fais du moins, atome,
Que ton écrasement ne soit pas mérité !

UNE NUIT DANS LES ALPES

C'ÉTAIT la nuit. Devant les neiges éternelles
De grands monts étagés comme un cirque géant,
Je contemplais, chétif atome et vil néant,
Les astres clairs, pareils à de froides prunelles.

Au loin, et rappelant le Temps qui toujours fuit,
Au silence effrayant des espaces sans bornes,
Répondait, seule voix de tous ces déserts mornes,
Le long tonnerre sourd d'un torrent dans la nuit !

En cercle autour de moi, sous la lune sereine,
Tous ces grands monts hautains, ces pics blancs et glacés,
Me semblaient figurer les vieux siècles passés,
Immobiles devant la turbulence humaine.

Calmes, ils dominaient la foule des vivants ;
Contemporains et seuls témoins des premiers âges,
Depuis plusieurs mille ans, sous l'assaut des orages,
Ils planaient dans l'air froid, dans la neige et les vents.

Et devant ces titans, moi, l'atome éphémère,
Devant leur masse énorme, à leur stabilité
Je comparais mon être et sa fragilité,
Et les tourments sans but de cette vie amère.

J'avais l'orgueil d'aimer, de penser, de souffrir;
Mais dans cet infini que pesait donc mon âme,
Étincelle d'un soir, trop misérable flamme,
Vacillante toujours et si près de mourir?

Autour de moi planait l'horreur d'un vide immense.
Au ciel qui sur mon front roulait indifférent,
Qu'importe notre esprit, qui pour nous seuls est grand?
Que lui fait la raison de l'homme ou sa démence?

Et je compris alors que, n'ayant nul pouvoir
Pour sauver du néant ma tête condamnée,
Mon seul orgueil devant cette âpre destinée
Était le mâle effort d'un combat sans espoir!

COSMOS

HOMME, un jour tu naquis bestial et farouche,
Impur, sombre, mauvais : aime la pureté,
Fais couler le pardon et l'amour de ta bouche,
Aspire, libre et fort, à la sérénité.

Puisque, infime artisan d'un sublime prodige,
Tu créas l'art divin et la beauté des lois,
Ta noblesse présente à tout jamais t'oblige,
Achève d'étouffer la bête d'autrefois.

Que les pouvoirs obscurs d'un monde élémentaire
Connaissent grâce à toi le rythme harmonieux ;
Et si, tous les Dieux morts, tu restes solitaire,
Garde au moins les vertus que tu prêtas aux Dieux !

SAINTETÉ

LES saints, les purs, avec leurs yeux pleins de lumière,
Dont le rêve est divin et la force est entière,
Chastes, virils, très bons, répandant chaque jour
Comme un vase trop plein leur cœur rempli d'amour,
Sois jalouse, ô mon âme, eux seuls auront su vivre !
Qu'étaient ces voluptés dont tu te croyais ivre,
Toutes tes passions et leur vague langueur
Près des communions dont a brûlé leur cœur ?...
Et quelle joie égale à ces sombres délices
Des martyrs éblouis qu'exaltaient leurs supplices,
Et de tous ces héros dont l'amour fut si fort,
Que son rayonnement survécut à leur mort ?

CALME DU SOIR

Des monts à coups de hache entaillés par le Temps,
  Des forêts de sapins escaladant leurs cimes,
Et, pareils à des murs bâtis par des Titans,
De hauts rochers à pic dominant des abîmes;

Un torrent qui roulait au fond d'un gouffre noir,
Long serpent se tordant parmi des blocs de marbres ..
Le silence, le calme et la fraîcheur du soir
Descendaient sur le front auguste des grands arbres.

Une paix, une joie immense étaient en moi;
Éphémère témoin des choses éternelles,
O Nature, ô ma mère, une heure devant toi
Je regardais sans peur en tes vagues prunelles!

Étoiles du ciel bleu, beaux yeux passionnés,
Qui, ce soir-là, brûliez comme brûlait ma vie,
Rochers, arbres géants, ô mes frères aînés,
Je vous pus un moment contempler sans envie!

Je ne jouirai pas de ton éternité,
O Nature, et pourtant je te bénis encore,
Et, pour ce court instant d'orgueil illimité,
Mon cœur ivre d'amour te pardonne et t'adore.

Car je sentais ce cœur plus grand que tes forêts,
Plus aimant que ton ciel, et jurais que sans haine
Et sans terreur, le soir, mère, où je périrais,
La paix de ma pensée égalerait la tienne!

Grande-Chartreuse.

Quand à l'âme de tous ton âme est réunie,
Si bien que leur douleur est ta propre douleur,
Tu fais alors ta vie immortelle, infinie,
Et fais large ta joie, en y mêlant la leur.

Oui, ta vie est sublime, est harmonique et pleine,
De cette heure où ton âme étroitement confond
Sa destinée avec la destinée humaine,
Et rentre, goutte d'eau, dans l'océan profond.

TABLE

Achevé d'imprimer

le vingt avril mil huit cent quatre-vingt-huit

PAR

ALPHONSE LEMERRE

(Th. Bret, *conducteur*)

25, RUE DES GRANDS-AUGU TINS, 25

PARIS

POÈTES CONTEMPORAINS

Volumes in-18 jésus, imprimés en caractères antiques sur beau papier vélin. Chaque volume, 3 francs.

GRANDMOUGIN	Les Siestes.	1 vol.
—	Rimes de Combat	1 vol.
ÉDOUARD GRENIER	Amicis	1 vol.
—	Petits Poèmes	1 vol.
GRIMAUD	Petits Drames vendéens.	1 vol.
—	Fleurs de Bretagne.	1 vol.
STANISLAS DE GUAITA	La Muse Noire	1 vol.
—	Rosa Mystica	1 vol.
CHARLES DES GUERROIS	Pro Patria	1 vol.
— —	Sonnets et Petits Poèmes.	1 vol.
— —	Nos grandes pages.	1 vol.
E. GUILLAUMET	La Chanson de l'Homme	1 vol.
PAUL HAREL	Aux Champs	1 vol.
— —	Sous les Pommiers	1 vol.
ERNEST D'HERVILLY	Le Harem.	1 vol.
CLOVIS HUGUES	Les Soirs de bataille.	1 vol.
I. R. G.	La Volière ouverte.	1 vol.
—	La Vie sombre.	1 vol.
LOUISE D'ISOLE	Après l'Amour	1 vol.
—	Passion	1 vol.
—	Légendes Bretonnes	1 vol.
CHARLES JOLIET	Les Athéniennes.	1 vol.
JEAN LAHOR	L'Illusion	1 vol.
AUGUSTE LACAUSSADE	Poésies.	1 vol.
LOUIS LACOMBE	Dernier Amour.	1 vol.
RAOUL LAFAGETTE	Pics et Vallées.	1 vol.
GEORGES LAFENESTRE	Espérances.	1 vol.
—	Idylles et Chansons	1 vol.
LÉOPOLD LALUYÉ	Poésies	1 vol.
EUGÈNE LAMBERT	Les Fleurs du vrai	1 vol.
— —	Un Essaim de Sonnets.	1 vol.
PHILIPPE GILLE	L'Herbier. 1 vol. in-4º	4 fr.
LÉON DUVAUCHEL	La Clé des Champs. 1 vol. in-18	4 fr.

PARIS. — Imp. A. LEMERRE, 25, rue des Grands-Augustins.

www.ingramcontent.com/pod-product-compliance
Lightning Source LLC
Chambersburg PA
CBHW071821020726
47502CB00004B/1186